BUNT
Władysław Stanisław Reymont

Bunt
Copyright © JiaHu Books 2015
First Published in Great Britain in 2015 by JiaHu Books – part of
Richardson-Prachai Solutions Ltd, 34 Egerton Gate, Milton Keynes,
MK5 7HH
ISBN: 978-1-78435-164-9
A CIP catalogue record for this book is available from the British Library
Visit us at: jiahubooks.co.uk

CZĘŚĆ I

I	5
II	21
III	28
IV	59
V	69

CZĘŚĆ II

VI	97
VII	112
VIII	118

I

— Policzymy się teraz, sobako! — zakrzyczała triumfująco i, zapędziwszy Rexa do kąta, jęła go bić pogrzebaczem, zajadle wypominając po każdem uderzeniu: — To za pieczeń! To za wczorajszą kiełbasę! To za indyczki! — Pies wił się i, skamląc błagalnie, lizał ją po nogach. — A teraz masz za jamniki, żebyś zapamiętał, chamie jeden, że pańskich piesków ruszać nie wolno. A teraz, żeby cię już raz djabli wzięli!

I trzasnęła go przez łeb tak potężnie, aż pies zawył, rzucił się na nią z kłami, przewrócił na środek kuchni i uciekł. Wybiegła za nim z przeraźliwym wrzaskiem pomstowań.

Ale Rex już był przepadł w pobliskiej gęstwinie bzów i akacji, a chociaż srodze poraniony i ledwie dyszący, czołgał się ostatkami sił w dalsze, bezpieczniejsze miejsce, gdy od strony kuchni rozniosły się znowu krzyki.

Gospodyni, przytrzymując za kudły Niemowę, prała go niemiłosiernie.

— Ty podły bękarcie! Gorszyś od tego parszywego psa. Bebechy z ciebie wypuszczę, ty obmierzły złodzieju. Z łaski daję ci żreć, a ty jeszcze kradniesz!

Ryczała, że i chłopak wydzierał się w niebogłosy, napróżno usiłując się wyrwać z jej żelaznych pazurów, powstał taki gwałt, aż zatrwożyło się całe dworskie podwórze. Psy łańcuchowe jęły szarpać się i skowyczeć. Rozgdakały się wystrachane kurniki. Perliczki z wrzaskiem uciekały na dachy, a gołębie pokryły się w drzewach nad studnią. Wzburzone indory, nastroszywszy korale i ogony, rozgulgotały się, groźnie depcąc w miejscu. Pawie przyleciały z pod ganku i, roztoczywszy tęczę swoich piór, zanosiły się wzgardliwemi głosami. Przybiegła z pokojów sama dziedziczka, panicz z fuzyjką, panienki z lalkami na rękach i dwa rude jamniki, wiercące się żmijowato.

Puściła go wreszcie, dając folgę obfitym łzom i narzekaniom.

5

Niemowa skoczył w zarośla i jak kłoda zwalił się obok Rexa.

Leżeli obaj bez sił i prawie bez pamięci, — jednako zbici i jednako nieszczęśliwi.

Słońce dogrzewało i ciepły wiatr przewiewał gąszcze, a szmer liści i brzęki owadów grały tak słodko i upajająco, że obaj zasnęli. I obaj jeszcze przez sen jakby się skarżyli na swoje krzywdy, chlipiąc i skamląc zcicha i żałośnie. Wsunął się bez szmeru czarny, ogromny kot, przyjaciel dawnych lat Rexa i, obwąchawszy go, przytulił się do jego boku i mruczał współczująco. A później kilka wron spłynęło na niskie gałęzie akacji, jęły świdrować mroczne gąszcze i, ostrząc dzioby, opuszczały się coraz niżej i coraz zuchwalej.

— Jeszcze nie zdechłem... warknął Rex, podnosząc na nią nienawistne oczy i, oblizawszy skrwawioną i zapłakaną twarz Niemowy, obudził go szarpnięciem.

— Chodźmy ztąd, wypatrzą nas, — zająkał chłopak, rozumieli się doskonale.

— Poczekam wieczora! Gotowi mnie dobić, nie obronię się.

— A to cię uszlachtowała! Pożalił się Niemowa nad przyjacielem i garścią trawy wytarł mu boki i zaropiałe ślepia. Rex pojękiwał z wdzięczności.

— Spędź te podłe dzioby — warknął do kota. — Te śmierdziele, to gorsze nawet od ludzi.

— Przeprowadzę cię do obory, znam miejsce pod żłobami, — proponował Niemowa.

— Południe zaraz i te owczarskie skowyrki mogą mnie upolować, a sił nie mam. Pić mi się chce... pić...

— Zobaczę, czy niema nikogo przy wodzie, — oznajmił troskliwie kot.

— Leżta, przyniosę wody.

Jakoż, przyniósłszy w jakiejś skorupie, podtykał ją przyjacielowi.

— Ale gołąbki toś mi powybierał, — zwrócił się do kota.

— Wybrał je kowalowy Jędrek, widziała Maciora, niech ci zaświadczy. To zbój, on i wróble z pod bocianiego gniazda powybierał; nawet srokom nie darował, za co mnie stara tak napadła, że ledwie uciekłem. Złodziej, a teraz za słowiczemi gniazdami wypatruje. Już papuga krzyczała na niego.

— A ty się koło papugi nie kręć! — warknął ostrzegająco Rex.

— Jędrek kowalowy! Czekajże, hyclu! Spędzę gęsi z pola i może ci

6

co przyniosę z obiadu. Poczekaj na mnie! — zaświstał na palcach tak przeraźliwie, aż wystraszone wrony uciekły do parku. I kot się wyniósł, ostrożnie, bokami, przebierając się w stronę kuchni.

Właśnie zadzwonili na południe i dworskie podwórze zaczęło się napełniać gwarem głosów zwierzęcych i człowieczych, furkotem wozów i ciężkiem stąpaniem stad spędzanych. Zaskrzypiały studzienne żórawie. Świnie po chlewach zakwiczały niecierpliwie. Jaskółki rozświegotały się na chwilę i pomilkły, a potem wszystkie głosy jakby spłonęły w ogniach słońca i rozsypały się w omdlewającej cichości upalnego południa.

Rex, liżąc swoją ranę, czuwał, bo strzygł uszami, czasem podnosił łeb, niekiedy pociągał nozdrzami, a chwilami, pojękując zcicha, zaczynał zasypiać.

Słońce grało swój hymn południowy: rozpalone powietrze rozdrgało się muzyką płomieni, że wszystkie głosy przyrody, a była ich nieskończoność, spłynęły w tę złotą symfonję światła. Wszystko było dźwiękiem, barwą i zarazem jakimś widmowym zarysem. Południca z jastrzębiem na głowie przepływała nad ziemiami, a gdzie tknęły jej złociste szaty, tam wysychało wszystko na proch, a gdzie osypały się jej żółte niby kwiaty szaleju, spojrzenia, tam śmierć zbierała obfite żniwo: tam nagle jakiś ptak spadał z gałęzi, drzewa więdły, owady padały martwe, a nawet strumienie mdlały w spiekocie. Nawet Rex zadrżał i, skuliwszy się, przywarł łbem do wilgotnej ziemi i traw chłodnych. Przepłynęła, za nią rozsnuły się trwożne krzyki stworzenia i posępne bruzdy cieniów, radlące słoneczne światłości.

A pies w bolesnej drzemce dał się owładnąć wspomnieniom. W tej nędzy przynosiły zapomnienie jaśnienia minionych czasów. Tych czasów, kiedy żył we dworze jako nieodstępny towarzysz wszystkich. Kiedy się rozwalał na dywanach, i był kochanym i pieszczonym. Pan kazał, — to mordował rodzonego brata — psa; pan kazał, — to i człowieka rozdzierał. Przecież na wilki chadzał w pojedynkę. Sam jeden potrafił dziki poruszyć z bajorów. Na jego grzmiący głos wszystko drżało w podwórzach, w parku i na polach. Nawet byki uciekały przed jego kłami. I jak się to stało? I jak się to stało, że teraz jest bezpańskim nędzarzem? I żyje we wzgardzie, nędzy, opuszczeniu i musi kraść nędzne ochłapy? Nie mógł pojąć. Takie żale zatargały mu wnętrzności jakby żelaznemi pazurami, że podniósł się nagle, sprężył i zawył rozpaczliwie. Ogromny był, płowy, podobny do lwa, i mimo zapadniętych boków i ran na grzbiecie, groźny jeszcze i potężny. Zatoczył przekrwawionemi oczami, wyszczerzył kły i, niezważając na ból, ruszył zuchwale do dworu, pod wysoką kolumnadę, gotowy na każdą walkę, byle się jeno dostać do pana i poskarżyć. Ale pusto było i drzwi do sieni stały wywarte. Ruszył śmiało do wnętrza domu, zawahał się chwilę, pociągnął nozdrzami i poszedł amfiladą pokojów. Przechodził jeden za drugim, przystawał w każdym i, obwąchując, oglądał. Wlókł się coraz wolniej, jakby pod ciężarem wspomnień. Tysiące rozpierzchłych zapachów wskrzeszało w nim pamięć dawno pomarłych dni. Jakieś dogasające dźwięki, jakieś tchnienia zmartwiałe, jakieś odbicia widmowe ludzi błąkały się po ogromnych, posępnych pokojach. Każdy sprzęt opowiadał mu długą historję, że znowu czuł i wiedział co się tutaj działo. W jednym z pokojów zaśniły bronie porozwieszane na ścianach, spiął się do nich i wśród zwietrzałych prochów i zbroi poczuł swojego pana. Pamięć wyrzucała z ciemnych jam coraz żywsze obrazy. Rozciągnął się przed wystygłym kominem na puszystej, białej niedźwiedziej skórze. Poczuł ciepło ognia i pieszczącą dłoń pana na grzbiecie, zaskowyczał z rozkoszy i mlasnął językiem, żeby go polizać — nie było nikogo; za oknem ćwierkały ptaki, grało słońce i szemrały drzewa. Uciekł do sąsiedniej sali, mrocznej i pustej, muchy brzęczały poza przymkniętemi okiennicami. Olbrzymie zwierciadła przysłaniały krepy. Powietrze było przejęte stęchlizną i czemś, co mu przypominało zapachy bijące z otwartych kościołów. Spenetrował środek sali i skurczył się trwożnie, wionęło jakimś trupim ciągiem. Nie mógł pojąć. Zadygotał i z niepokojem wodził ślepiami po ścianach, z których spoglądały jakieś wielkie postacie o nieruchomych oczach. Przypadł do ziemi, bo zdały się patrzeć tak surowo, że strach nim zatargał. Wymykał się bokiem, pod ścianami, gdy naraz zobaczył swojego pana, — siedział między oknami z dużym psim łbem na kolanach. Zawarczał zazdrośnie, ale, przyczołgawszy się do niego, jął cicho skamlać i bić ogonem. Pan ani się poruszył, ni zawołał na niego.

Rex odskoczył jakby w obawie uderzenia, lecz po chwili znowu przypadł mu do nóg i, wpijając się w niego przełzawionemi ślepiami, wyznawał jękliwym, porwanym skowytem wszystkie swoje nędze i nieszczęścia.

Szarawy cień oderwał się jakby z portretu, — cień chwiejny w bezkształcie, rozwiany i drgający zarys spływał ku niemu, ale Rexa przejęła nagła trwoga, zjeżył grzbiet i, szczękając kłami, cofał się ze skowytem dzikiej zgrozy. Długo potem dyszał w sąsiednim pokoju, nie śmiejąc się poruszyć, jakby zmartwiały z obawy i nieprzepartej potrzeby zobaczenia jeszcze raz swojego pana. Nie odważył się jednak zajrzeć do sali, tylko pociągnąwszy nozdrzami, skulił ogon pod siebie i przemknął się do małych pokojów zatopionych w słońcu. I tam było pusto.

Przez otwarte okna grały melodje parku i światła. Tknął nosem porozrzucane zabawki, polizał pieszczotliwie to i owo, a nasyciwszy się kochanemi zapachami, poszedł na wielką terasę, przysłoniętą namiotem kwitnących róż i powojów.

Leżał tam słodki cień przesiany płatami słońca i po kątach, w skórzanych prawiecznych fotelach rozkoszny, kojący chłód.

Snop bijącej wody migotał i skrzył się przed terasą.

— Rex! Rex! — zakrzyczała radośnie papuga ze złotej obręczy.

— Szukałem cię! — warknął, sadowiąc się w fotelu, jak kiedyś. Oddawna żyli w wielkiej przyjaźni. Spłynęła na poręcz i, bijąc skrzydłami, zaczęła mu krzykliwie rozpowiadać przeróżne nowiny. Nim zdążył się przed nią wyznać, wpadły z ujadaniem jamniki, a za niemi dziedziczka, panicz z fuzyjką i cała chmara.

— Uciekaj! Uciekaj! — załkała trwożnie papuga.

Było już zapóźno. Dopadła go rozgniewana dziedziczka i wrzasnęła:

— Poszoł won! Precz mi, ty obrzydliwcze! Wstrętne psisko! Precz! I wraz poczuł w nogach kły jamników, a na grzbiecie bolesne i ciężkie razy.

Rozsrożony zniewagą i bólem, zgarnął pod siebie nędzne psiaki, szarpiąc je niemiłosiernie i już nie bacząc na krzyki, na strumienie wody, ni na grady kijów.

— Uciekaj! Uciekaj! Rex! Rex! — zanosiła się nieustannie papuga. Otrząsnął się wreszcie z napastliwej zgrai i lwim skokiem wydobył się przed terasę na trawniki, ale, nim dosięgnął gąszczów, huknął strzał i jakby garść gryzącego żwiru trzasnęła go w lewy bok. Pod okrutnym ciosem zarył łbem w trawę, lecz, zebrawszy ostatki sił, cisnął się pod niskie świerki, gdy znowu gruchnął strzał. Osypały się gałązki, niby zielone łzy spływając martwo na niego. Nie czekając na więcej, przeczołgał się przez park w podwórze, pod obory i wcisnąwszy się do budy, padł zmroczony bólem. Stary Kruczek odstąpił mu barłogu, jeno, targając się na łańcuchu, zawył jakby przyzywając na pomoc.

— O wilki wściekłe, nie ludzie! — biadał Niemowa, który, dowiedziawszy się od srok co się stało, przyleciał ratować przyjaciela. Oblał go wodą i podsunął mu mleka.

— Pij bracie! Wydoiłem krowę dla ciebie, — prosił, ostrożnie obmacując mu boki.

— We dworze mnie pobili, we dworze! — skamlał żałośnie, trzęsąc się z zimna i bólu.

Chłopak obtulił go workami jak dziecko, ugłaskał i zapowiedział Kruczkowi:

— A zrób mu jaką krzywdę, to cię ubiję jak psa! I poleciał do swoich gęsi.

I szły ciężkie dnie, w których Rex ważył się pomiędzy życiem i śmiercią, — żarły go rany, żarło go bezlitośnie słońce, trapiły muchy i dobijały żale opuszczenia.

Dopiero noce dawały świętą łaskę chłodu i ulgi. Niemowa przylatywał z wodą i jadłem, długie godziny przepłakując nad wspólną dolą. Dowiedział się bowiem, że Rexa szukają, żeby go zabić, a jego mieli wypędzić ze dworu.

— Hulnę do stawu i już, co mi tam! — postanawiał chłopak — Ale ciebie mi żal, sieroto! Musisz uciekać we świat! I co ty poczniesz? — rozpaczał nad nim.

— Niech tylko wyzdrowieję! — stękał polizując go z wdzięczności.

— Nie wydamy go! — warczał groźnie Kruczek, dzielący się z nim nie tylko legowiskiem, ale i każdą miską otrzymanej strawy i tem, co był upolował wolnemi nocami.

A przytem, całe podwórze sprzysięgło się otaczać go tajemnicą przed ludźmi.

Niemowa bowiem zapowiedział, że każdemu, choćby to nawet były wierzchowe ogiery, poprzetrąca kulasy, jeśliby zdradzili Rexa. Więc też lizał się z ran powoli, w spokoju i otoczony powszechną życzliwością. Nawet owczarskie skowyrki zapomniały mu dawnych bojów o wyżlice, i ukradkiem odwiedzały. Co rano stada, wychodzące na paszę, rzucały mu rykliwe pozdrowienia. Niekiedy w południe, powracając od studni, jaki rogaty łeb pochylał się przed budą. Konie rżały cicho, węsząc ostrożnie w jego stronę. Zasię niefrasobliwe źrebięta, nie znające jeszcze bata, figlowały, chwytając go za uszy miękkiemi, ciepłemi wargami. Zawsze wystrachane owce rozbekiwały się nad jego dolą. A maciory wybierały sobie miejsce pod oborą i, uwaliwszy się na słońcu, dawały wymiona na pastwę prosiętom i, postękując pod uderzeniami ich zapalczywych łbów, spoglądały w Rexa martwemi, szaremi oczkami, pokwikując mu różności. Nieraz też słyszał nocami przez ściany obory, jak woły, przeżuwając i glamiąc mokremi gębami, wśród wyrzekań na pracę, baty i głód, wspominały o nim.

A już najwięcej serca pokazywał osieł, żyjący na łaskawym chlebie. Stary był i mądry jak świat, oparszały, brudny, zawsze utytłany w błocie i popiele, bity przez wszystkich, pogardzany ogólnie, wyśmiewany powszechnie i zewsząd wypędzany. Pastwili się nad nim zarówno ludzie jak i zwierzęta.

Znajomość była dawna, z czasów kiedy woził panicza, Rex obu pilnował i we trzech uganiali się po polach w sekrecie przed dziedzicem.

Oślisko przyłaziło codziennie, wystając pod budą ze spuszczonym łbem i obwiśniętemi uszami, a skarżąc się tak rozdzierającym głosem, że Kruczek wył z przerażenia, zaś Niemowa kijem go przyciszał i odpędzał. Obity, sponiewierany, powracał jednak uporczywie, nie przestając swoich lamentacji.

I skrzydlaci zajmowali się żarliwie Rexem, bo codziennie na wszystkich płotach odprawowały się na jego intencję swarliwe akademje pełne gdakań, gulgotań, pisków i wrzawy. A nawet jedna z kokoszek, ośmielona łaskawością Kruczka, zakwaterowała się ze swoim drobiazgiem przy Rexie, krzekorząc mu nieustannie o zaletach swoich dzieci. Tylko pawie, dumne jak zawsze, trzymały się zdaleka i wzgardliwie, a wrony również wedle wrodzonego zwyczaju obserwowały z dachów budę, cierpliwie wyczekując — na wszelki wypadek.

Nie doczekały się jednak, bowiem Rex zdrowiał, tylko, że codzień był jakiś chmurniejszy i bardziej w sobie zamknięty. Przytłaczały

11

go jakieś rozważania, dziwne czucia i zwidzenia. Zaczynał patrzeć na świat z głębin swojej nędzy i sieroctwa. Dawniej, nie troszczył się tem, co się działo poza dworem: czuł jak jego pan, i prawie po ludzku odnosił się do wszelkiego stworzenia.

Istniały, żeby je dusić, pędzać, zabawiać się niemi. Stosownie do pańskiego rozkazu. Przegradzała go od nich niezgłębiona przepaść prawie ludzkiego bytowania. Wypędzono go ze dworu i zepchnięto na dno niedoli. Coraz potężniej odczuwał swoją krzywdę. To była niezagojona rana, przez którą sączyło się do serca pragnienie dzikiej pomsty na człowieku. W takich chwilach byłby rozrywał kłami nawet ich szczenięta, za któremi niegdyś przepadał, i z rozkoszą żłopał ich krew gorącą. I w te długie noce choroby, w te jeszcze dłuższe, bezsenne dnie, rozważał jak ich dosięgnąć swoją zemstą.

I tak się zapamiętywał w nienawiści, że wszystko, co mu zaśmierdziało człowiekiem, budziło w nim niewypowiedzianą obmierzłość i zarazem coraz większą zgrozę. Bowiem w tych rozważaniach jawiła mu się cała potęga człowieka. Olbrzymiała w nim do szczytu przerażenia. Jakże wziąć pomstę z huraganu? Jakże się nie dać piorunom? Jakże uchwycić kłami błyskawice? Ciosy bezsilnej rozpaczy przeszywały go jakby nożami. Przecież ten dwunogi niepodzielnie panował nad światem. Pod jego okrutną władzą żyło wszelkie stworzenie. Śmierć i życie w jego władaniu. On mocen wszystko! Stwórca i zarazem kat wszystkiego.

Dopiero teraz poczuł tę straszliwą prawdę. I każda chwila ją potwierdzała. Przykuty niemocą do barłogu, stawał się czującem widzeniem wszystkiego, co się stawało dokoła. Nie uszedł jego serca żaden krzyk, żadna skarga i krzywda żadna. Zwłaszcza noce przesycone były nieustającym lamentem: zduszone poryki wołów żaliły się na trud śmiertelny, na okrwawione kijami boki, na głody. Skatowane konie rżały długo i boleśnie. Tęsknota krów za porwanemi cielętami wybuchała długim, nieutulonym rykiem.

I z owczarń i z chlewów i z kurników zrywały się raz po raz dzikie wrzawy skarg i śmiertelnych strachów. Skarżyła się splugawiona ziemia, jęczały przekleństwami wyrąbywane lasy, burzyły się gwałcone w swoim biegu wody. I zewsząd — od pól i od chat — całym światem niosły się prawieczne, nigdy niemilknące pogłosy krzywd, gwałtów i śmierci. Wszystka ziemia i powietrze były przejęte człowieczem okrucieństwem.

Na piramidzie trupów umacniał tron swojej potęgi.

Ni zwalczyć go, ni uciec przed nim — jak nie uciecze przed śmiercią.

Zawrzał w sobie warkotem wściekłości oceanu, bijącego bezsilnie w granity. Któregoś rana, kiedy zakwiczały rozpaczliwie wieprze ładowane na wozy rzeźnicze, warknął boleśnie dotknięty.

— Znowu mordują naszych braci.

— Świnia mi nie brat — to mięso, — szczeknął Kruczek. — Złodzieje, sami je zeżrą.

Rex zwinął się jakby pod uderzeniem kamienia i oniemiał.

A kiedy później żyd wynosił z obory rozbeczane cielęta, Kruczek smutnie zawarczał.

— W nocy zdusiłem w polu jedno na spółkę z Kulasem, ale odebrały nam koniarki.

— Z wilkiem spółkę trzymasz, z takim zbójem!

— Każdy mi brat, przy którym mogę się pożywić.

— Tobyś i rodzonemu nie przepuścił?

— Głód nie ma ślepiów i wszystko mu dobre, co jeno wpadnie w pazury.

Z przerażającym rykiem przyleciał osieł i zwalił się w gnojówkę.

— To pańskie szczenię oblało go taką wodą, że mu spaliła skórę.

Osieł tarzał się z okropnym, żałosnym rykiem. Nadleciała za nim kupa chłopaków z paniczem na czele, i dalejże się zabawiać i bić w niego kamieniami, a podcinać batami. Wrzask poszedł na całe podwórze, aż przyleciał z kijem włodarz, chłopaków rozpędził i kopaniem przymuszał osła do powstania.

Rex, zapomniawszy o niebezpieczeństwie, wysunął się z budy i zawarczał.

— Rex! — wykrzyknął panicz. — To mama cię chybiła. Zagryzł moje jamniki — zapłakał.

— Tuś mi, ptaszku! — Już ja ci zapłacę za panicza! — wrzasnął włodarz, rzucając się na niego z kijem. Rex jęknął pod ciosem i, poderwany nagłą wściekłością, cisnął się w niego, pochwycił kłami za piersi i szarpnął tak potężnie, że, wyrwawszy mu kawał ubrania wraz ze skórą, upadł na ziemię.

Nieprzytomny włodarz zwalił się do gnojówki, a panicz z krzykiem uciekał.

Pies skoczył w najciemniejszy kąt budy i zagrzebał się w słomę.

— Wywleką cię i zabiją. Uciekaj, — skamłał Kruczek, targając się na łańcuchu.

Nie było innej rady. Przedostał się do pustej obory, pod żłoby, gdzie była dziura wyłamana w murze do sadu. Zawlókł się w gęste maliny, prawie nie pojmując, co się z nim stało. Posłyszał ludzi zbiegających się do ratowania włodarza i skoro go doszły wycia katowanego niewinnie Kruczka, postanowił uciekać w pola. Ale sad był ogrodzony gęstym żywopłotem i wysoką, drucianą siatką, zaś przy jedynej zamkniętej bramie kręcił się ogrodniczek, z którym miał stare porachunki. Wcisnął się głębiej w rzędy wybujałych malin — wyczekiwać okazji wymknięcia się na wolność. Trwoga nim podrzucała, nawet nie mógł spać, paliły go niezagojone jeszcze rany i przeszkadzały pszczelne brzęki i kłótliwe świergotania wróbli, spadających całemi bandami na słodkie, źrałe owoce..

— Służ panu wiernie, to ci za to... zagra! — Posłyszał nad sobą głos ogrodniczka, zaskowyczał błagalnie, czołgając mu się do nóg.

— Nie bój się! I na co ci to przyszło! Ganiają cię jak wściekłego psa! A rozerwałeś mi portki, baczysz? Chciałem się tylko przyjrzeć papudze! — Przykucnął przed nim, głaszcząc go dobrotliwie. Rex położył mu głowę na kolanach z ufnością.

— Widzisz, głupi, jak ci zapłacili za służbę. Brakło dziedzica, to i fora ze dwora. Zawsześ na mnie warczał, nie dałeś dostąpić do dworu! A kto ci dał gołębia? A kto ci młode wrony podrzucił pod świerkami? — Wymawiał, ale bramę otworzył. — A pilnuj się, żeby cię dziedziczka nie upolowała!

Rex poleciał w pola szukać swego przyjaciela. Niemowa pasł gęsi na pastwisku pod lasem, siedział z nogami w strumieniu, przygrywając sobie na fujarce. Stado białych, czubatych gęsi bobrowało na brzegu rzeczki, pełnej płowych kiełbików i płotek. Wierzby dawały luby cień, las pogwarzał, śpiewały ptaki, a tak dogrzewało słońce, że słodka senność przejmowała do kości. Niemowa wiedział już o wszystkiem; rozpowiedziały mu sroki.

— A co teraz? Żebyś to był już wygojony! — troskał się poczciwie chłopak.

— Krzepkim! Nie przemogłem to włodarza?

— Kat to był dla wszystkich. Ponieśli go do chałupy, nie mógł ustać na kulasach.

— To dopiero pierwszy... Warknął zawzięcie.

— Na bagnach jest buda, dziedzic z niej strzelał cietrzewie, tam mógłbyś się schronić! I włodarz się tam nie przedrze, bajory głębokie, a kładki pogniły...

— Muchy, że nikt nie wytrzyma. Polowałem tam na młode kaczki z dziedzicem.

— A w starym szałasie węglarzy w lesie? Nikt o nim nie wie, jeno, że tam często się chroni kulas i jego stado...

— Kulas! To ja mu sprawiłem goleń, jak się cisnął na mojego pana... ten mi nie straszny... z suką i jej pomiotem cięższa sprawa...

— Chroń się w bagnach, niema wyboru, a tyle tam wodnego ptactwa, że i wyżywić się będzie łacno. Widziałem w koniczynie młode zajączki...

— A możeby poszukać gdzie służby? — wystąpił niespodzianie Rex.

— Po wsiach teraz przednówek, nie rzucą ci nawet zgniłego ziemniaka i jeszcze wyszczują, libo hyclowi wydadzą! Niemcy na kolonjach, teby cię przyjęły, znają się na pańskich psach, aleby cię potem sprzedały do miasta, a jakbyś się nie zdał na handel, to cię upasą i zjedzą. Powiadali o tem we dworze. Takie świnie nie przebierają w jadle. Najgorsze, że włodarz ci nie daruje, a i dziedziczka też ci nie przepuści. Będą na ciebie polowali...

— A będą!.. — warknął z rezygnacją i, rozciągnąwszy się nad wodą, zasnął.

Niemowa, rozebrawszy się do naga, poszedł szukać raków.

— Zaniosę gospodyni z kopę, to się udobrucha. Rozmyślał, zapuszczając ręce w podmoknięte korzenie olch, w głębokie jamy pod brzegiem i pod kamienie, leżące na dnie wody. Łowił sprawnie, nie spuszczając z uwagi wron, które, spłynąwszy cichutko z lasu nad wodę, niby to piły, przysuwając się podstępnie ku gąsiętom, brodzącym po płyciznach.

— Hale, zachciało się wam frykasów! — Spadł na nie skrzęk wraz z garścią błota, że, nic nie wskórawszy, poniosły się nisko, penetrując wśród zbóż za gniazdami. A skoro słońce się zniżyło i powiał chłód, Niemowa zaczął spędzać gęsi do kupy.

— Rex, pod wierzbą są moje pokoje — wskazał nad wodą stare,

rosochate drzewo, wynoszące się w górę niby na poskręcanych palcach, pomiędzy niemi czerniała dziura, wyściełana tatarakiem. — Nocleg pewny! dorzucił, zabierając się do domu.

Pies pozostał sam, nie wiedząc, co począć ze sobą. Przemogło jednak przyzwyczajenie i puścił się na przełaj do drogi, wiodącej do dworu. Jakby na ostrzeżenie, przejeżdżał właśnie wolant, zaprzężony w siwki: dziedziczka jechała z córkami, a panicz z kozła podcinał batem konie. Przeprowadził ją zawziętemi ślepiami, szczękając kłami, a potem, okrążywszy park polami, dotarł pod podwórze, do rozwalonego brogu i tam się przyczaił. Jakoby u wrót zawartego raju się poczuł. Żarła go tęsknota i raz po raz już się prężył do skoku w podwórze, ale strach ścisnął go niby pętlą, że targał się w sobie, mocował i leżał cicho w miejscu.

Słońce już zachodziło. Świat spłynął złotem i purpurą. Stała się ogromna cisza. Szły z pastwisk stada i ściągano z robót. Nad szeroką drogą rozwlekła się smuga złotawego pyłu, z którego buchały tęskne porykiwania krów, głuche pomruki spracowanych wołów, rżenia koni, świsty batów, suche łomoty kijów i siarczyste przekleństwa. Z kwikiem przeleciało stado świń, roztrącając wszystkich po drodze. Ziemia zadudniła pod kopytami pędzących źrebaków. Wozy wlokły się zwolna, gruchocąc po kamieniach. Potem stada owiec, przepychając się i głupawo pobekując, cisnęły się, oganiane przez psy. A wreszcie ciągnęła jałowizna, brykając, swywoląc i włażąc po drodze w zboże, prana za to batami pastuchów.

Przewaliło się, wszystko; zmierzch posypał świat jakby dogasającem zarzewiem, w podwórzu zaczynało przycichać, ludzie się rozchodzili, po chałupach wybłyskiwały światełka, spuszczone z łańcuchów psy szalały z radości. Wtedy Rex, nie mogąc się już powstrzymać, wsunął się w podwórze; wyminął obory, poczuwszy zapach dojonego mleka, wyminął stajnie i wolarnie, okrążył zdala chlewy i przypadł w gąszczach naprzeciw kuchni. Biły z niej takie zapachy, że głód mu skręcał wnętrzności. Niemowa siedział na progu z michą między kolanami, otoczony całą zgrają łańcuchowych. Głos gospodyni raz po raz wydzierał się przez drzwi uchylone.

Naraz zaskrzypiały żwiry podjazdu i rozległy się końskie parskania.

— Dziedziczka! Nic tu po mnie! — Skoczył znajomem przejściem do parku, obok kurnika i potrącił Rudego, który cichuśko podkopywał się do kokoszek. Lis uciekł, ostrzegając krótkim szczekiem nocnych drapieżników. Jakoż mignęły białe podbrzusza łasic, umykających na drzewa; tchórz przewiał po zrębach drwalni, a kuna z kurczakiem w zębach dała szalonego susa na dach.

Zahuczały sowy i powstał taki popłoch że zjawił się czarny kot z gorzkiemi wymówkami.

— Popsułeś polowanie, już tej nocy nic się nie da ułowić...

Rex, warknąwszy groźnie, błysnął ślepiami i wcisnął się pod obwisłe gałęzie świerków, bo dwór był oświetlony i otwartemi na taras drzwiami lała się jasna smuga, w której skrzył się i miotał snop wody, bijącej w górę.

Po jakimś czasie pogasły okna i park zagrał jeszcze rzęsiściej i zanosił się słowiczemi trelami. Rex niby cień przypełzał na taras.

Zabrzęczał łańcuszek i papuga sfrunęła do niego. Ich tajone, gorące szepty utonęły w ptasich zawodzeniach i przyśpiewach nocy.

Skarżył się na swoje beznadziejne położenie i żegnał się z nią na zawsze. Na tułaczkę szedł, na zatracenie w świat obcy i wrogi.

Skomlał żałośnie i serce mu rozdzierała męka, i strach i rozpacz!

Łkała nad nim, chłodząc mu piórami rozpalone oczy. I poruszona jego niedolą wspomniała nagle swoją ojczyznę daleką. Zakołysała się na poręczy i, bijąc niekiedy szaro-różowemi skrzydłami, zaśpiewała zdławionemi okrzykami litanję bezładnych, tęskliwych majaczeń.

— Ojczyzno moja! Puszcze zielone bez końca, bez kresu. Girlandy kwiatów od drzewa do drzewa; twarde kokosu orzechy i słodkie owoce mangi! Czuby palm rozkołysanych wichrami z płomieni i — dalekiego morza szafirowe nieba!

Ojczyzno moja! Święte dnie śpiewań, radości, wesela!

O białe, ślepiące żarem południa, rozdrgane ulewą słońca, usypiające!

O zmierzchy krwawych zachodów, gdy puszcza się zapada w przerażenie.

O noce przejęte sykiem pełzających, płaczem konania i rykami triumfów!

Rio Negro! Jak lśnią twoje wody pachnące w różanych porankach!

Słońce ogromne i promienne wynosi się z topieli, — radosny

krzyk szczęścia się zrywa, pachną kwiaty, pachnie ziemia, śpiewa wszelkie istnienie. Śmiechy w gęstwinach, gonitwy po gałęziach, szczęście ponosi, radość! Same skrzydła wynoszą na wierzchoły palm, w błękity, w słońce! Z wichrem w zawody lecieć, bić skrzydłami, pławić się w powietrzu, krzyczeć z rozkoszy i lecieć, lecieć, lecieć!

Nad wodą przejrzystą, gdzie w mule czyha pożeracz, bambusu gałąź się chwieje, pierzasta, zielona — słońce dzwoni po liściach i sypie się złotym piaskiem na wody, w cieniach wieczystych się mrowi, tam, gdzie w cichych zachodach grzmi straszny ryk i płacze rozdzierana gazela.

— Ojczyzno moja stracona! Raju utęskniony. Wolności!

Zamilkła i, jakby stłumiając rozpacz, schowała głowę pod skrzydła.

Noc szła, śpiewały słowiki, puhacz zahuczał i żałobnie zakrzyczały z drzew pawie.

— Nieszczęsna! — zajęczała znowu — dojrzałam górę płynącą środkiem rzeki, a na niej drzewa uschnięte; sfrunęłam nieznacznie i porwały mnie jakieś czarne, okropne szpony! I odtąd płyną moje lata hańby i niewoli bez końca! bez końca! Łkała długo i zaczęła bić skrzydłami, szarpać się krzycząc rozpaczliwie.

— Uwolnij mnie! Rwij moje łańcuchy! Na wolność! Rwij kajdany! Rwij! Łam!

Rzucił się na obręcz, że spadła z łoskotem i z wściekłością zatargał łańcuszkiem, gryzł, rwał pazurami, rozbijał o ziemię, na darmo jednak.

Papuga zaś jakby oszalała — wybuchała śmiechem, to płaczem, to przekleństwami. Aż się cały dom rozbudził: już ktoś leciał ze światłem przez pokoje; ktoś nadbiegał od kuchni, a stróżowski kundel zajadle rzucił się na Rexa. Uderzeniem łapy odrzucił go potężnie, że psiak podwinąwszy ogon, uciekał ze skowytem, a Rex, pokazawszy kły ludziom, zwolna zagłębił się w parku i na skraju, w Chińskiej altanie, stojącej na wzgórku, postanowił spędzić resztę nocy. Ale nieraz podsuwał się pod dwór i dochodziły go obłąkane wrzaski przyjaciółki, rozbijającej się o pręty klatki.

Śnił jej opowieści, wyczekując świtania. Jakby tęsknota podrywała nim do tych krain dalekich i od ludzkiej tyranii wolnych. Warczał zcicha i, bijąc ogonem, zdał się czołgać tam, gdzie beczała rozdzierana gazela.

Noc zwarła się ciemna, ugrzana i cicha. W głębokościach nieba rozżarzały się gwiazdy. Drzewa pławiły się w sennem odrętwieniu. Łąki za parkiem od mgieł puszystych niby runem wełnistem bielały. Miłosnem upojeniem wrzały śpiewy ptaków. Zapachy lip krążyły w cieniach nurtami niewysłowionej rozkoszy. Niekiedy zboża powiały ciężkiemi kadzielnicami, a czasem żywiczny czad zaciągał z borów. Ziemia grążyła się w spokoju odpoczywania, jutro było jeszcze dalekie. Tylko Rex, nie ufający tej masce nocy, ze łbem przywartym do ziemi, drzemał czuwając zarazem, gotowy w każdej chwili do obrony i walki. I, chociaż zgnębiony nieszczęściami, doskonale wiedział, co się dookoła dzieje.

Oto z puszcz żytnich wydarły się przejmujące beki duszonego zająca.

Lisy przemykały się ostrożnie i wnet gdzieś w zbożach wybuchnął rozpaczliwy lament kuropatwy. Rozkrzyczała się spłoszona z gniazda kura bażańska. Łasice wspinały się bez szelestu do uśpionych ptaków. Sowy zerwały nagle miłosne trele i sypał się puch niby okwiat zbroczony krwią. Zabełkotały wody i podniósł się trwożny wrzask dzikich kaczek, — to wydry brały swój zwykły haracz. Wąż się prześlizgiwał do mysich kryjówek. Z dalekich pastwisk rżały wystrachane klacze. — Kulas musiał tam penetrować. W podwórzu gęsi podniosły gwałtowne larum przed jakimś napastnikiem. Psy zajadle naszczekiwały na coś niewiadomego. Bociany groźnie zaklekotały, aż odpowiedział im daleki krzyk żórawiów i jękliwe pogłosy czajek. Jastrzębie na wierzchołach wyczekiwały cierpliwie świtania.

I tak co chwila i prawie na każdem miejscu toczyła się nieubłagana walka o istnienie. Pieśni nasycenia, jęki pokonanych, śmiertelne dygoty, okrutne ciosy, chrzęsty miażdżonych kości, zapachy krwi, zduszone bełkoty, płynęły melodją ledwie odczuwalną wśród czarów i upojeń tej nocy letniej. A nad tem rozpościerały się drzewa niedocieczone w swojem bytowaniu. Czubami pławiły się w zimnych skrzeniach gwiazd, akorzeniami brały z głębin swój kształt widomy, podobien do wodnych wytrysków. Trwały obce wszystkim zgiełkom świata, dalekie i budzące głuchy lęk wiecznem milczeniem.....

O świtaniu, kiedy nocne walki ustały a rozpoczynały się nowe, —

kiedy jastrzębie niby pioruny biły w ptactwo, ciągnące na brzegi wód, Rex zerwał się gwałtownie i skoczył w gąszcze. Indyki głośno swarzyły się w podwórzu i rozlegały się głosy dziewek. Taki straszliwy głód nim zatargał, że, nie bacząc na niebezpieczeństwo, lisiemi obrotami przedostał się pod kurniki i, porwawszy pierwszą z brzega indyczkę, uciekł z nią w zboża. Posypały się za nim wrzaski, grady kamieni i przekleństwa. Nasyciwszy się ciepłem, drgającem mięsem, pozostawił resztki wronom i pospiesznie wyniósł się na bagna, do myśliwskiej budy.

Tam go w południe odnalazł Niemowa, przynosząc mu jakiś gnat i złe wiadomości.

— Już po tobie, dziedziczka obiecała nagrodę temu, któren ciebie zatłucze.

— Trawy jadł nie będę — warknął, oblizując z lubością okrwawione wąsy.

— Wszyscy będą na ciebie polowali. Słyszałem wygrażania włodarza.

— Wiem gdzie jego gęsi pasą... już wypierzone... w sam raz...

— Dała mu strzelbę. Mają zastawić żelaza, mogą podrzucić trutki, albo i zrobić obławę. A łańcuchowym nie wierz, dla pańskiej łaski pierwsi cię zdradzą. Wyżlica cię szuka... Kruczek ją napastował, pogryzła go i szczeka za tobą.

— Kruczek... zawrzał groźnie. — Co mi tam suki, życia muszę bronić...

— Przeciwko wszystkim nie zdzierżysz, chudziaku! — ubolewał żałośnie.

— Darmo się też nie dam... popamiętają... — warczał. — Wypędzili... strzelali do mnie, głodzili, a teraz chcą mnie zatłuc, i za co? — Zaskomlał boleśnie.

— Ale, Wawrzek na złość rządcy zadał ogierowi drut zwinięty w chlebie.

— Gdzie go zakopali?

— Jeszcze się rucha, jeno tak jęczy, tak się rzuca, tak bije kulasami, aż strach.

— Mojego pana wierzchowiec! Dobry był towarzysz! Nieraz spałem u niego pod żłobem.

— A stara siwka, co była na łaskawym chlebie, poszła na żebry w cały świat...

— Uciekła... sama... we świat... — Zdumiewał się, nie rozumiejąc.

— Ogrodniczek woził nią wodę i tak się nad nią pastwił, że uciekła.

— Gdzie to uciecze... jeszcze wilcy ją zjedzą.

— Ogrodniczek zostawił ją na noc w sadzie, rano rozpętał i chciał zaprząc do beczki, a ta jak go nie trzaśnie kopytami, i w pole. Ledwie go docucili.

— Dostał, co mu się należało. Ale przed Kulasem stara się nie obroni...

— Co ci jeszcze rzeknę — byś nie brał drobiu dworskim, toby cię może oszczędzili... A i moich gęsi nie ruszaj, wrony porwały mi dzisiaj trzy gąsięta! Zapowiedziałem ścierwom, że im za to wszystkie gniazda w parku pozrzucam z drzew.

— Śmierdziele — warknął wzgardliwie. — Nigdy nie ruszyłem żywego, nawet kurczęcia, ale kiedy się na mnie zmawiają, przebierał nie będę. Jak wojna, to wojna!

Jakoż od tego dnia rozpoczęła się naprawdę wojna. Przeciwko nieszczęsnemu wywołańcowi powstali wszyscy dworscy z włodarzem na czele, który zaprzysiągł śmierć Rexowi. I nieubłagana walka toczyła się na każdem miejscu i w każdej chwili. Zarówno bowiem w dzień jak i nocy polowano na niego, rzucano się z kijami, strzelano, bito kamieniami, szczuto psami. Nie mógł się już za dnia pokazać w obrębie podwórza, bo ze wszystkich stron sypały się kamienie i wylatywały z drągami zaczajone chłopaki. Nawet starcy, wygrzewający się pod czworakami, przywabiali go podstępnie — gdyż wszystkim jednako marzyła się nagroda, wyznaczona za jego życie.

I z początku pod nagłemi ciosami zasadzek, pod grozą niebezpieczeństwa, wyzierającego z każdego kąta — pod grozą wrzasków, strzelań i naganek, Rex ulękł się i, straciwszy głowę, biegał po polach, dając folgę gorzkim wyrzekaniom na ludzką nikczemność. I byłby może przepadł, gdyby nie rada Niemowy.

— Zejdź im z oczów na parę dni, schowaj się w budzie, nie zapomnę o tobie.

II.

Posłuchał i okrężnemi, dalekiemi tropami przedostał się z powrotem na bagna. I parę dni przeleżał w samotności, o głodzie, popijając wodę zgorączkowanym ozorem, bo nie miał sił ani chęci, żeby zapolować na kaczki, od których aż się mrowiło dokoła. Ciężkie medytacje zajmowały mu te długie dnie, a że przytem rany miał jeszcze niezagojone i brakowało sił, a co gorsza i odwagi, to uważał się już za straconego i z rezygnacją wyczekiwał na najgorsze.

Któregoś ranka, snać za śladem Niemowy, trafiła do niego wyżlica i, położywszy się pod budą, pokornie zaskowyczała. Że był z przyrodzenia gwałtownik, zawrzał złością na przybłędę, wytarmosił ją i, dziw, nie zepchnął w niezgłębione bajory. Ani warknęła z bólu, przywarowawszy jeno na wprost budy, nie spuszczała z niego oczów, gotowa na każde jego warknięcie. Odwrócił się od niej ze wzgardą. A śliczna była, biała jak mleko, o łbie i uszach jasno-bronzowych i wielkich niebieskich oczach. Smukła przytem, gibka niby wąż, wykwintna w ruchach, czysta, czujna i wietrząca wszystko z bardzo daleka.

W południe, kiedy jęczał przez sen z głodu, przyniosła mu potężnego kaczora. Zjadł go do ostatniej kosteczki. I przyjmował wszystko, co mu tylko upolowała, jako naturalną daninę. Ani mu przyszło do głowy, żeby się z nią podzielić. Ale po paru dniach, poczuwszy w kościach wigor i powracające siły, zwrócił łaskawą uwagę na jej wielbiące ślepia i tkliwe umizgi. Radosna była niby wiosenny poranek, ruchliwa i zakochana w nim bez pamięci. Przecież dla niego opuściła dom, zawsze pełne miski, rozkoszne włóczęgi ze swoim panem po polach i te straszliwe cudne wzruszenia, gdy wystawiwszy szaraka, zamierała w miejscu, a huk strzału wstrząsał ją do głębi. Wszystko poświęciła dla tego ściganego zbója i bezdomnego włóczęgi. Czarował ją swoim lwim kształtem, mocą stalowych szczęk i grozą, jaką budził we wszystkich. Czemże były te podwórzowe przy tym prawdziwym władcy? — nędznemi skowyrkami. Więc też, porwana miłosnym szałem, tańczyła dokoła niego z czułemi skowytami. Zarzucała mu łapy na kark, oblizywała oczy, i, tuląc się miłośnie, wyczekiwała ze drżeniem na błysk jego orzechowych ślepiów. Dał się wreszcie porwać i zaśpiewali nieśmiertelną pieśń miłości. I zapomnieli o wszystkiem, co nie było pieszczotą, co nie było rozkoszną igraszką, i co nie było wabiącą gonitwą niesytych pożądań. A dnie przechodziły cudownie, unurzane w cieple i jasnościach. Słońce od wschodu do zachodu siało ciepłem i radością. Niebo opinało świat niezmąconym błękitem. Noce spoglądały miljardami roziskrzonych gwiazd. Żabie chóry grały nieustannym prawie, przejmującym słodyczą rechotem. Rozprażone moczary pachniały odurzająco. Ani na chwilę nie milknęły ptaki. Święty hymn życia, śpiewany tysiącami głosów, przewalał się falami niewypowiedzianego czaru i potęgi.

Od niedojrzałego źdźbła, od jakichś istnień zaledwie pojętych, aż po te bory ogromne, po białe chmury na widnokręgu, po słońce promieniejące — wszystko śpiewało jedną, nieśmiertelną pieśń wieczystych przemian i wiecznego trwania. I oni poczuli się dźwiękiem tej wiekuistej pieśni tak potężnym i tak w sobie zwartym, jakby sami byli we wszechświecie, a od nich brał początek przyszłych pokoleń łańcuch nieskończony. I prawie jednem stali się w żądzach i czuciu. Razem też bobrowali po moczarach, — wspólnie tropili i wspólnie mordowali. Każdy łup zdobyty był nienasyconem szczęściem triumfów. Czołgania się za tropami, zaczajone godziny wyczekiwań, chwile prężeń się do skoków, spadania na zdobycz, walki, gonitwy i zwycięstwa odbywały się z dygotami niewypowiedzianych uniesień. Aż opici krwią, nasyceni mięsem, jękami rozdzieranych i poczuciem własnej mocy zasypiali na krwawych pobojowiskach. A później, porwani szałem, nabytym w obcowaniu z ludźmi, mordowali już nie z potrzeby, jeno dla uciechy, dla pokazania niechybnych ciosów, niezawodnego węchu i niepokonanej siły. Aż trwoga zaczęła podnosić jękliwy głos wśród moczarów, ciągnących się na wiele mil, do rzeki ogromnej i borów, czerniejących na horyzoncie. Skargi szumiały w trzcinach, szuwarach i karłowatych olchach, porastających trzęsawiska. Coraz częściej zawodziły zrozpaczone matki, którym złupiono gniazda. Bowiem dotychczas cały ten świat żył spokojnie pod osłoną niezgłębionych topielisk, zdradliwych bagien i nieprzebytych moczarów pokrytych pleśnią i rzęsą. Nawet człowiek zimą nie potrafił się przedostać do środkowych ostępów, jeno czasami lisy po kruchych, łamliwych lodach dostawały się na skraje oparzelisk, gdzie wesoło pluskały się stada kaczek. Więc wszelkie stworzenie żyło tam bezpieczne, pod strażą swoich praw przyrodzonych, a nigdy przez nikogo nienaruszanych.

Ale teraz, skoro ta para przybłędów zaczęła szerzyć dzikie mordy i spustoszenia, niepokój zatargał sercami. I już żaden ich postępek nie uszedł bacznej uwagi. Ani przeczuwali, że z każdego bajora, z każdego krzaka i z każdej kępy trzcin śledzą przyczajone ślepia i wieści o ich zbrodniach niosą się z podmuchami wiatrów do najdalszych zakątków bagien. I powietrzna straż nie próżnowała. Czajki, którym najwięcej wypili jaj, krążyły nieustannie, ostrzegając jękliwie o każdem ich poruszeniu. I rybitwy ważyły się nad nimi z krótkim bojowym okrzykiem. Nawet żórawie spływały nisko, żeby zobaczyć tych wspólnych wrogów, bo już nikt w tym raju skrzydlatych nie czuł się bezpiecznym w swojem gnieździe. Wyżlica bowiem szatańskim węchem odnajdywała choćby najmisterniej zamaskowane, a Rex pomagał w grabieży, nie obawiając się ciężkich dziobów dzikich gęsiorów, ni ich skrzydeł bijących jakby cepami. Tylko żórawie i bociany swojemi straszliwemi dziobami wymuszały dla siebie szacunek. Nie napadali na nich chociaż wyżlica nieraz wystawiała. A tak im zasmakowało to życie pełne wzruszeń i cudownych przygód, że prawie zapomnieli o ludziach i tamtym świecie...

Jeno niekiedy, nocami, gdy wyżlica spała, miłośnie przytulona do jego boku, budziły się w Rexie coś jakby tęsknoty za dworem i za Niemową, który dosyć dawno już nie przychodził. Zaś w miarę upływających dni, zaczynała mu ciążyć kochanka i brzydły okrucieństwa, z jakiemi pastwiła się nad pokonanymi. Był już przesycony mięsem i krwią, przesycony miłością i przesycony szczęściem tego dzikiego bytowania. Zaczynała go już nękać niewyraźna troska o jutro. Czasami wietrzył jakieś niebezpieczeństwo niedalekie. Kiedyś, poczuwszy smugę prochowego dymu, zadygotał trwogą. A jakiejś nocy wyraźnie posłyszał echa dalekich strzałów. To znowu głos dziedziczki huczał w nim tak gromiąco, że uciekł z barłogu. Nie zdradzając się z tych udręczeń, wymykał się niekiedy na skraj moczarów i wzbierającą tęsknotą łowił pogłosy, zawiewające od dworu. Wraz też wstawały przypomnienia krzywd doznanych i budziło się takie dzikie pragnienie zemsty, że, drąc pazurami ziemię, wył z bezsilnej wściekłości. Wracał z tych tajonych wycieczek jakby czulszy dla wyżlicy, ale okrutniejszy dla wszystkiego, co mu wpadło w pazury. Jakiejś nocy księżycowej i ponad opowiedzenie rozśpiewanej, zbudził go trwożny krzyk gęsiorów, a potem nagła, grobowa cisza. Suki przy nim nie było — leżała przed budą, bijąc ogonem i klapiąc rozdygotanemi kłami. Górą przeciągał jakiś dziwny, niepokojący zapach. Skoczył na budę i, wietrząc na wszystkie strony, pomimo ostrych wyziewów bagien i gniazd żórawich, wyraźnie poczuł swąd wilczy.

Sprężony do skoku i walki, badał nozdrzami i słuchem na wszystkie strony. Wilk czaił się gdzieś niedaleko, zataczał koła; trzaski suchych badyli, szmery rozgarnianych i ciężkich od ros trzcin, były coraz bliższe. Wreszcie padły w ciszy krótkie, szczękliwe warknięcia. Suka dała kilka szalonych susów i, zawróciwszy nagle, wcisnęła się w najciemniejszy kąt budy. Rex zaś rzucił się potężnemi skokami w stronę wroga. Wilk uciekł i wszystko się uspokoiło. Ale następnej nocy, gdy księżyc wynosił się ponad bory i jął roziskrzać pomartwiałe, czarne wody, z gąszczy olch wytrysnął miłosny śpiew wilka. Pieśń była tak namiętnie rozełkana i przejęta tęsknotą i wołaniem, że wyżlica, pomimo trwogi, rzuciła się jakby nieprzytomnie ku niemu.

I wtedy głos psa niby ponury grzmot zahuczał w nocnej cichości.

— Czego chcesz, szczurołapie? Twojemu ojcu potrzaskałem kulasy, pamiętaj!

Trwoga spadła na bagna, bowiem drugi głos buchnął niby gromem.

— Chłeptaczu pomyj! Wylizywaczu garnków, słuchaj — co mówi wolny pan!

— Śmierdzący pomiocie parszywej matki!

— Przy gęsiach ci warować i brać pańskie kije! Flaki ci wypruję, pamiętaj!

— Dziewki miotłami przegoniły cię ze śmietnika i tu przyszedłeś, zdechlino!

— Ty worze skórzany, nie zostawię ci w nim ani jednego całego gnata.

— Na gnój zawlekę twoje ścierwo i wrony cię rozdziobią.

— Milcz, parobku oderwany z łańcucha! Milcz, kiedy wolny przemawia!

Wyżlica powróciła i, jakby skamieniawszy w miejscu, ze łbem wysuniętym, z podniesioną łapą, pełna drżeń, obaw i rozkoszy, czekała końca tego przyśpiewu, który niby burza przewalał się w nocnej ciszy, że wszystko pomilkło, chowając się po najtajniejszych kryjówkach. Nawet wiatr przycichł, stanęły wody, a pochylone drzewa i trzciny zdały się wsłuchiwać w ten rozwyty huragan nienawiści.

— Hycel cię wyprawi na skórę, żebym miał na czem leżeć! Bliżej, tchórzliwy baranie, bliżej, porachuję ci kłami żebra! Bliżej! — wył Rex z pogardą.

— Gnojku! Odprawię z twoją samicą wesele, a ty nam, psie, zaśpiewasz!

— Czekam na ciebie, zdychająca padlino! Śmierć ci zaśpiewam! Śmierć! — Zawył i potężnemi skokami dopadł gąszczy, z których migotały zielonkawe, złowrogie ślepia. Rzucili się na siebie i zwarli w śmiertelnym boju. Miotali się po ziemi kłębem strasznych skowytów, charczeń, zmagań i okrutnej nienawiści. Rex był roślejszy i, chociaż nie tak mocny i wprawny w walkach, pochwycił go i, dusząc, bił zapamiętale o ziemię. Wilk, ostatnim wysiłkiem wyrwawszy się śmierci, pognał z wyciem szaleństwa.

Walka trwała krótko, ale Rex, śmiertelnie wyczerpany, ubroczony krwią, podarty pazurami, zwalił się na ziemię. Wyżlica z pokornym skowytem lizała mu rany i, dopóki się nie wygoił, skwapliwie przynosiła ułowione ptaki. A pomimo, że na wspomnienie pokonanego wstrząsały nią dreszcze niezaspokojonej żądzy, służyła zwycięzcy wiernie i z bezgranicznem posłuszeństwem.

Wszystko też wróciło do dawnego, tylko że, podnieceni triumfem, zaczęli poprostu szaleć, aż bagna zawrzały nieustającym jękiem mordowanych bez miłosierdzia i potrzeby. Rex, upojony zwycięstwem, mocą, strachem, jaki budził i uwielbieniami suki, miał się już za prawego pana tych niezmierzonych moczarów i tak się był rozzuchwalił, że gotował się do zmierzenia z ludźmi.

Ale stało się coś zgoła nieprzewidzianego.

O jakiemś popołudniu, gdy spali w cieniu budy, bo słońce już się zniżało nad bory i luby chłód zawiewał, stado żórawi podniosło się w powietrze i, zataczając coraz mniejsze koła, spłynęło na ziemię niedaleko śpiących.

Rex otworzył czujne oczy, a wyżlica wyszczerzyła kły.

Olbrzymi, rozchwiany cień przysłonił na chwilę słońce i chmara bocianów bez szelestu opadła przy żórawiach. Potem krętemi loty spadły czubate czaple. Po nich zaś długiemi smugami nadciągnęły dzikie gęsi. Rybitwy twardym rzutem, niby spadające kamienie, osiadły. A po nich nadlatywały nieprzeliczone gęstwy ptasiego drobiazgu. Że jakby wszystkie skrzydlate świata zebrały się na sejm, pokrywając okólne łąki, trzciny i drzewa pierzastą falą rozchwianych, wzburzonych skrzydeł.

Psy porwały się i, naszczekując, zaczęły nacierać groźnie.

Zaszumiał wicher łopocących skrzydeł, tysiące dziobów ostrych, jak dzidy, zawisło prawie nad niemi, syk jakby tysięcy wężów przeszył powietrze, że psy zawyły w śmiertelnej trwodze, nie wiedząc już dokąd uciekać — bowiem naraz, wszystkie te falangi ruszyły na nich ze straszliwym spokojem.

Ogromne, szare żórawie, drygające na nogach niby ze szmelcowanej stali, szły pierwsze, chwiejąc głowami podobnemi do kolczatych maczug.

Jakby w żałobne czarno-białe kapy przyodziane bociany zachodziły z boku całym tłumem, grożącym strasznemi dzirytami dziobów.

Siwe czaple, potrząsając bojowo czubami, następowały przyczajonym ruchem. Dzikie gęsiory, przestępując z nogi na nogę i bijąc skrzydłami gotowemi do walki, parły się z dziką zawziętością. Ich tępe dzioby, osadzone na wygiętych szyjach, biły jak młoty. Następowały ze wszystkich stron, zwierając się w obręcz, najeżoną dziobami. Czajki, kołując nisko, darły powietrze nieustającem, jękliwem zawodzeniem. Zaś reszta skrzydlatej hordy podniosła ogłuszający wrzask i trzepot.

Na jakiś przeciągły świst zapadło milczenie i wtedy największy z żórawiów, ten, który swoje rody już wiele razy przeprowadzał przez morza i góry, wysunął się naprzód i, zatrzepotawszy skrzydłami, zaniósł się uroczystym klangorem.

„Czworonogi plugawe! Podstępni pełzacze! Słuchajcie! Sąd nad wami odprawiamy! Sąd sprawiedliwy! Włóczęgi bezdomne! Puszcza was przyjęła i złamaliście jej święte prawa! Mordowaliście bez potrzeby.Mordowaliście dla zabawy! Pastwiliście się nad pisklętami! Żyliście gwałtem, krzywdą i zbrodnią. Gwałciciele praw! Gady dzikie! Obmierzłe krwiopijce! Biada wam, biada! biada!

— Śmierć! Śmierć! Śmierć! — zakrakało ponuro przelatujące stado kruków.

— Wypędzamy was z puszczy! Wracajcie do swoich obróż i kijów. Niegodniście wolności! Stwory ciemności, zimna i nor. Niewolnicy ludzkich bestyj! Jak oni — źli, kłamliwi i podstępni. Za pomordowanych, za spustoszone gniazda, za poduszone pisklęta, za pogwałcone prawa — wypędzamy was na zawsze! Na zawsze!

— Śmierć! Śmierć! Śmierć! — zakrakały kruki, opuszczając się coraz niżej.

Obręcz pękła, ukazując szeroką ulicę wskroś pierzastych tłumów. Psy rzuciły się do ucieczki. Sadziły olbrzymiemi skokami, oszalałe przed śmiercią, jaka zdawała się im grozić od tych niezliczonych dziobów — lecz ani jeden nie uderzył, ni jedne szpony nie zaszarpały i ni jedne skrzydła nie tknęły ich grzbietów sprężonych w ucieczce.

Już zmierzch zapadał, gdy, dosięgnąwszy pól, zaszyli się w zboża i przylegli zaledwie żywi ze zmęczenia i trwóg przeżytych. Rex, ciężko dysząc, długo wodził przekrwionemi oczyma po rozfalowanych zbożach i niebie, zroszonem gwiazdami, zanim znowu poczuł szczęście własnego istnienia. Dreszcz nim jeszcze wstrząsał na wspomnienie rozchwianych nad sobą dziobów i skrzydeł.

Zaś wyżlica, wytchnąwszy nieco, podniosła się nagle i, pociągnąwszy wiatru, popędziła na przełaj do domu.

Zerwał się do pogoni, ale pozostał na miejscu, nasłuchując oddalających się skoków, oczy mu jeno smętniały, ślina pociekła z opuszczonej wargi, a hardy, wyniosły łeb opadał coraz niżej do ziemi.

III.

Nad Rexem zawisła groźna pięść przemocy. Był wypędzony przez ludzką niewdzięczność i wypędzony przez skrzydlatych za winy, których nie rozumiał, opuszczony przez przyjaciół, napiętnowany stygmatem powszechnej nienawiści i skazany na gorzkie życie bezdomnego tułacza.

Nie odrazu pojął grozę swojego położenia. Miotał nim strach i gniew zarazem, bo, czując swoją krzywdę, nie pojmował jej przyczyn. Rozbijał się przeto, jakby o mur niewidzialny. Krążył dokoła ludzkich siedzib obłąkany przerażeniem. To uciekał w dalekie pola, krył się po rowach, błądził gościńcami i znowu

powracał, nie bacząc na spadające zewsząd kamienie i dzikie wrzaski pościgów. Albo zaszyty w przydrożnych gąszczach całemi dniami łowił odgłosy podwórza. Nie mógł też odnaleźć Niemowy, gęsi pasał kto inny, wrogi mu z dawnych czasów. Probował się przedostać do papugi, cóż, kiedy na większą udrękę już o hańbie jego upadku wiedziały pola, lasy i moczary. I nigdzie nie znajdował współczucia. Żył po za powszechnością, stając się tem samem celem pościgów i wzgardy. Naigrawały się z niego głupie sroki. Wrony goniły za nim, jakby za zdychającym wywłoką. Kiedyś znowu, gdy spał na miedzy ukołysany chrzęstem zbóż, uderzyły na niego jastrzębie. A już do szaleństwa burzyły go podłe docinki lisich naszczekiwań, że, mszcząc się, rozkopywał im legowe jamy. I w parku nie mógł się pokazać, gdyż pierzasta hołota podnosiła takie wrzaski, że ludzie przylatywali z drągami. A kiedy przed pogonią przytaił się w łozinach nad stawem, wypatrzyły go bociany i, czyniąc srogie larum klekotów, jęły bić w niego straszliwemi dziobami, że ledwie się wydarł śmierci. Nawet budy dawnych towarzyszów na jego widok szczerzyły się kłami, a na usprawiedliwienie szczekał za nim trwożliwie Kruczek.
— Uciekaj! Ludzie mówią, żeś wściekły! Wszyscy się ciebie boją. Uciekaj!...
Jakoż przekonał się o tem, bo, szukając legowiska, znalazł przeciwko sobie wymierzone wszystkie rogi i kopyta. Obory i stajnie, zjuszone trwogą, broniły mu przystępu, rycząc w niebogłosy. Więc ze znużenia i głodu zakradał się do chlewów i wyjadał nędzne resztki ze świńskich koryt. Wydały go maciory, a włodarz pewnej nocy zrobił na niego obławę, z której tylko jakimś cudem wydobył się cały i zdrowy. Wtedy, ogarnięty szaleństwem strachu, uciekł w lasy. Pod grozą śmierci musiał porzucić prawieczne barłogi swego rodu i chronić się w nieprzebytych puszczach. Kiedyś, z panem swoim przebiegał je z ciekawością, ale teraz, znalazłszy się w mrokach, zrzadka jeno przesianych światłem, stanął zdumiony. A skoro zaszemrały nad nim tajemnicze gędźby rozchwianych olbrzymów i oprzędła go niepokojąca cisza, trwoga wyjrzała z przekrwionych ślepiów i z głębin serca wyrwał się przeciągły jęk rozpaczy.
Długie godziny leżał skulony w gąszczach, zanim odważył się zanurzyć w bory. Straszną wydała mu się samotność i cisza.

Przecież zawsze żył w gromadzie! Znał dwór, wieś i podwórze; znał ludzi i zwierzęta, znał pola i niebo; znał dnie i noce, wrogów i przyjaciół; znał bieg spraw, prawa i obyczaje — a tu poczuł się wyrzuconym w świat, którego nie pojmował, w świat obcy, nieznany i jakiś straszny.

Ale obawa śmierci przemogła pragnienie powrotu, że jął się błąkać bez celu i często przymierając głodem. Bowiem z początku nie udawały mu się polowania: zawodził go stępiony węch i nie dopisywał wzrok. Nie umiał skoku przemieniać w niechybny cios. Nie rozumiał się na podstępach. Nie znał obyczajów puszczy, ni jej praw. Gonił za wszystkiem niby młody, głupi wyżeł. Nie potrafił tropić, ni cierpliwie, godzinami czołgać się za łupem. Zdradzał się szczekaniem. Rozbijał się po lasach, jakby cielę w pustej oborze. Wyszczekiwał na wiewiórki, rzucające w niego szyszkami. Uganiał się za mysikrólikami, aż sowy śmiały się po dziuplach, a cała puszcza śledziła go z niepokojem, bo płoszył, trwożył i mordował, co mu wpadło w pazury. Pilnowało go tysiące ślepiów, przyczajonych w gąszczach, na czubach drzew i pod niebem wysokiem.

— To tylko pies, głupi ludzki pies! Nie bójcie się. — Huczały niekiedy puhacze.

— Śmierdzi dymem i padliną — krakały kruki, nie spuszczając go z oczów, a jakieś szczekliwe chichotania rozlegały się jak echa.

— Podwórzowy zbój! Zbój! Kurołap! Zbój!

— Żywi się naszym kosztem! — oburzały się wilki, tropiące za nim zdaleka.

— Fora ze dwora! Fora ze dwora! — wydzierała się stara sroka, chowana kiedyś przez ludzi, której się nagle przypomniały nauczone dawno wyrazy.

Zaszczekał na nią zajadle i zaczął skakać ku gałęzi, na której siedziała.

— Głupi! Głupi! Głupi! — zanosiła się wrzaskliwie, bijąc skrzydłami z uciechy.

Uciekał w głębie, ale wciąż za nim leciały wrzaski, groźby i wrogie skowyty. Zmierziło mu się to ciężkie, samotne życie. A na dobitkę, błąkały go te nieprzebyte bory. Gubił się w nich. Straszyły go zarośnięte bagniska, pełne wężowych rojowisk i dzikie ostępy, gdzie wiecznie wrzały jakieś złowróżbne pomruki, chrapliwe sapania i odgłosy ciężkich stąpań. I miał już po kły tej ciężkiej nędzy i strachów. Czuł bowiem, że śmierć nieustannie krąży dokoła niego. Czatowała jeno na zdarzoną okazję, że sypiał tylko w dzień i na otwartych polanach, a i to płoszyły go cienie przelatujących ptaków. A że było mu coraz trudniej coś upolować i z głodu tracił resztki rozwagi, więc jakiegoś czasu w biały dzień porwał ze stada dzików sporego warchlaka. Nie dokończył uczty i, porzucając najlepsze cząstki, musiał uciekać przed rozwścieklonemi maciorami. Potem, prawie nieprzytomny z głodu, rzucił się jak obłąkany na jelenie, pijące wodę. I, stratowany, ledwie się dowlókł do węglarskiej budy i tam parę dni lizał się z nowych a ciężkich ran. Buda stała na skraju wielkiej, starej poręby, porośniętej gęsto krzewami malin, jeżyn i czarnych jagód, ponad któremi wystrzelały smukłe nasienniki. Wrzały tam nieustannie świegotania i śpiewy, a w pośrodku błyskało długie jezioro, zarośnięte po brzegach trzciną i szuwarami. Przez cały dzień słychać było pluskania dzikich gęsi i kaczek. Miejsce było zgubione i nieznane ludziom, ale puszcza wiedziała o niem. Było to bowiem miejsce, jakby święte, gdzie u czystej, głębokiej wody o każdym zachodzie i wschodzie słońca spotykał się cały naród puszczy, bezpiecznie pijąc i kąpiąc się dowoli. Dookoła jakby na straży stał bór prawiecznych dębów i sosen wyniosłych. Powietrze pachniało miodem i trzęsło się od brzęku pszczół, gdyż barcie były po dziuplach starych drzew, że z niektórych, wystawionych pod zachód, wyciekały strugi złotawych tężejących na powietrzu miodów. Chwiały się nad niemi całe chmury owadów i ginęły w słodkich i lepkich potokach, a po nich, niby po brukach, ciągnęły niezliczone hordy żarłocznych, czerwonych mrówek.

Dnie były zmienne: prażyło niemiłosiernie słońce, wybuchały gwałtowne burze, od grzmotów dygotała ziemia i pioruny raz po raz ognistemi biczami smagały rozkołysaną puszczę; to spadały nawalne deszcz i lały z szumem rozełkanego morza; to przylatywały z pól suche, letnie wichury i, jakby pijane, świszcząc i baraszkując, przewalały się po borach. Zasię potem ciągnęły się dnie długie, ciche, nagrzane i pachnące, a wszystko, co żyło, śpiewało nieustający i niepojęty w żarliwości hymn szczęścia i miłości.

Tylko Rex nie odczuwał tej powszechnej radości życia.

Doskwierały mu ciężej, niźli rany, jakieś głębokie rozważania. Niechybny bowiem instynkt mu podsuwał to, że w puszczy się nie ostoi, że zginąć musi. A zginąć nie chciał. Wola życia budziła się w nim z coraz większą potęgą. Nurt głuchego buntu raz po raz zrywał go na nogi. Padał na barłóg, słaby jeszcze i chory, ale nie przestawał wrzeć pragnieniem zemsty. Przez te długie dnie i noce, przesuwały się ustawicznie przez jego zgorączkowany mózg żywe odbicia krzywd i cierpień. I, przeżywając je na nowo, cierpiał na nowo i tak boleśnie, że wył rozpaczliwie, obwiniając za nie zarówno ludzi jak i zwierzęta. Zwłaszcza, iż czuł i słyszał drapieżników, krążących nieustannie dookoła budy. Czekał, że lada chwila będzie musiał stoczyć ostatnią walkę, ale ta chwila nie przychodziła. Nie pojmował tej zwłoki, aż mu ją dopiero wytłumaczył stary puhacz.

— Chorych się nie dobija! Takie prawo! — Zahuczał z głębi budy, gdzie się gnieździł.

A nazajutrz, kiedy słońce wypędziło go z łowów wciśnięty w najciemniejszy kąt budy, zaczął nauczać praw i obyczajów, panujących w puszczy. Huczał monotonnie, po sto razy jedno, niezrozrozumiale, ale Rex zrozumiał go dobrze.

Nasłuchawszy się do syta, spojrzał wyniośle w jego żółte, świecące ślepia.

— Wolałbym ludziom paść owce, niźli w puszczy być królem.

— Nam nikt nie panuje, ale rządzą nami mądre, odwieczne prawa. Nie podobają ci się, bo cóż ty możesz wiedzieć o wolności? Ludzie nauczali cię swojej wolności kijem i głodem. Urwałeś się z łańcucha, niewolniku, i zuchwale wyszczekujesz na sprawy ci niepojęte.

— Ale to wiem, że tam u ludzi nie poluje wciąż jeden na drugiego, nie pożera go żywcem i nie tropi za nim nieustannie! Każdy tam śpi bezpiecznie.

— Bo wszystkich karmi człowieka łaska i stróżuje jego kij. Nie zjadają się sami, ale człowiek zjada wszystkich. Jakiż obraz wystawia ze siebie wielki ongiś naród kopyt, rogów i skrzydeł? — obraz roboczego bydła, który za nędzne pożywienie i dach sprzedał swoją wolność, swoją siłę i swoją krew. Żyjecie, mnożycie się i umieracie tylko na pożytek człowieka! Twoja skóra nie należy do ciebie, ani twoje gnaty, ani nawet twoja sierść! Hańba tym, którzy umiłowali niewolę! Nie umiecie się nawet buntować! Umiecie się tylko żalić, pokornie brać baty i lizać stopy swoim ciemięzcom.

Rex zerwał się, jakby dotknięty rozpalonem żelazem i opadł bezsilnie.

— Miałem gniazdo na kościele i wiem co się tam dzieje! Pamiętam, jak o każdym wschodzie i zmierzchu zrywa się jeden jęk skarg, bólów i rozpaczy. A słyszysz te pieśni, jakiemi ciągle rozbrzmiewa puszcza? To śpiewa wolność, to śpiewa radosne, mężne i niefrasobliwe życie nasze! To śpiewa szczęście!

Rex załkał boleśnie, zatargany pazurami przypomnień.

— Ty nie wiesz, co to za szczęście, kiedy rozwinę skrzydła, rzucę się w powietrze i dam się im nieść gdzie pragnę, pan swojej mocy i siebie, wolny!

— Dopóki kobuz cię nie rozedrze, jak marną pliszkę — zawarczał.

— Jeśli mnie pokona, to jego prawo. Ale po takich, którzy się na mnie porwali, gniazda oddawna są puste. Każdy ma prawo napadać. Za każdy cios, za każdą śmierć płaci śmierć. Biada słabym! Biada tym, których zawiodą kły czy szpony! Walka jest życiem! Zwycięstwo jest celem. Ciepła krew wroga i jego żywe, drgające mięso, to boska zapłata męstwa. Chwała i łupy zwycięzcom! Śmierć zwyciężonym! To hasło wolnych! — huczał coraz głośniej.

— Mysz zdarzy ci się ułowić, a o bohaterskich przewagach bajesz.

— Ty masz za walkę, kiedy cię poszczują na zdychającą krowę! A i to drżysz przed jej racicami. Rycerzu, którego nawet wrony tłuką kiedy zechcą...

— Wszy cię zjadają i twoje bohaterstwo nie może cię obronić! — doszczekiwał Rex, dojrzawszy jak puhacz bobrował dziobem pod skrzydłami.

— Milcz, parobku i nie zapominaj, że przestajesz z wolnym. Nie zapominaj, bydlę, że jesteś tylko rzeczą człowieka! Puszcza cię przytuliła, przypomnij sobie! A ja ci radzę, wracaj do bata, pełnego koryta i do ciepłego barłogu w chlewie. Żeby ocenić wolność, trzeba się wolnym urodzić. Precz mi z oczów, ty skóro parszywa!

Rex skoczył do niego i, nie dosięgnąwszy, spadł z jękiem na barłóg. Puhacz wyfrunął z budy i huczał śmiechem aż się rozlegało po lesie.

— Jeszcze poznacie psa! Jeszcze poczujecie kły niewolnika, wolni zbóje! — wył, szczękając kłami. Dusiła go niepohamowana wściekłość. Czuł się tak zelżony i sponiewierany, jak nigdy i przez nikogo. A te uwagi o niewoli paliły mu wnętrzności i doprowadzały do szaleństwa. Prawdą były i dlatego nie mógł ich strawić.

I musiał wszystkiego wysłuchać! Kręcił się w kółko na barłogu, gryząc własny ogon i pieniąc się z bezsilnego gniewu. Dopiero te podłe obelgi pokazały, jak mocno jest związany wszystkiemi włóknami życia z tamtym dawnym światem. Jak to wszystko, co tak jeszcze niedawno wyklinał, jest mu bliskie i drogie. I zarazem czuł tę niezgłębioną przepaść, dzielącą go od puszczy, a że się jej bał, więc tem namiętniej zaczął ją nienawidzieć i dzikim skowytem przeklinać. Ta rozpalona do szału nienawiść budziła w nim utajone instynkty bojowe i nieustraszone męstwo. Krwawe szyderstwa puhacza smagały go niby batami, że mimo osłabienia i niezagojonych ran, doczołgał się do jeziora i, zaszyty w nadbrzeżne trzciny, upolował dzikiego kaczora, nim ten zdążył zakwakać. To mu dodało sił i pewności, a tak rozzuchwaliło, że już dnie całe czatował w szuwarach i łowił brodzące ptactwo z taką sprawnością, że nawet najczujniejszy z żórawiów nie dojrzał go wracającym do budy ze zdobyczą w zębach. A w miarę przybywania sił i powodzenia w łowach, zaczął się zuchwale nie liczyć z panującemi prawami. Wyzywał je poprostu, zabijając w biały dzień, na ślepiach wszystkich, a jego wielki, lwi łeb podnosił się coraz wyżej i dumniej. Zaczęła go otaczać jakaś złowroga cisza, nabrzmiewająca burzą. Czuł, że tysiące ślepiów chodzi za nim, że w gąszczach, w jamach, w dziuplach i w powietrzu ważą każdy jego postępek, że otacza go coraz ciaśniejsze koło niebezpieczeństw i że lada chwila uderzą na niego. Nie darmo puhacz jurzył puszczę. Wciąż było słychać jego obmierzłe pohukiwania i lot, jakby podartej pierzyny. Co pewien czas wietrzył przemykające się tu i owdzie młode wilczki, to lis wałęsał się z nosem wystawionym na zwiady, to ryś, przyczajony w konarach, zamigotał krwawem ślepiem. Nawet głupie wiewiórki, jakby trzymały nad nim straż, plącząc się ustawicznie koło budy. A na niebie wysokiem, ledwie dojrzane, krążyły jastrzębie. Niepodobna się było schronić przed ich djabelskim wzrokiem.

Nawet bory i drobny naród ptasi zdały się należeć do powszechnej zmowy przeciwko niemu. Wrony, chociaż im łaskawie pozostawiał obfite resztki, otaczały go wrzaskiem zachwytów, a zmierzchami leciały do wilków z nowinami. I plątanina jeżyn przytrzymywała go niekiedy ostremi kolcami; to jakieś zwisające gałęzie chlastały boleśnie, a młode zagajniki stawały się nieprzebytemi. Wiatry psuły mu tropy i rozwiewały powietrzne poszlaki. Ale pomimo wszystkiego, Rex z pozorną i chytrą lekkomyślnością i brawurą jakby umyślnie narażał się coraz bardziej.

Zdumiona puszcza, lękając się jakichś nieprzewidzianych zasadzek, zaczynała się wahać przed tak zdeterminowaną odwagą. On zaś, jakby wyzywając śmierć, zaczaił się któregoś dnia w świętem miejscu na sarny. O zmierzchu przyszły całem stadem do wody i, czując się bezpieczne, piły długo, baraszkując wdzięcznie na brzegu. Rzucił się na smukłą, ledwie wyrośniętą, — sarna wydarłszy mu się z kłów, szalonym susem skoczyła na głębię, dopadł jej w połowie jeziora, wywlókł na brzeg, i nie bacząc na jej żałosne beczenie, zamordował. Ucztował długo, wrony zbierały się gromadą, wyczekując na swoją kolej, gdy z gąszczów zagrały wilcze skowyty. Rex, podniósłszy okrwawiony łeb, odpowiedział groźnem warczeniem.

Kulas, wysunąwszy się z brzezin, zaskowyczał, żądając podziału.

— Przyjdź i weź!

— Podziel się albo wezwę cię na sąd za mordowanie w świętem miejscu.

— Przyjdź i weź! — zawył głucho, obnażając kły aż do korzeni.

Wilk, odurzony zapachem świeżej krwi, jął przeciągle nawoływać towarzyszów, ukrytych gdzieś niedaleko...

Rex już nie czekał, porwał się na nogi, sprężył do skoku i, potoczywszy ślepiami, wybuchnął straszliwem wyciem walki.

Kulas cofnął się przezornie i pomykał brzegami na drugą stronę jeziora, Rex zaś wył z taką potęgą dumy, mocy i gniewu, aż puszcza zagrała zębami od krańca do krańca i przed grozą tego głosu wszystko, co żyło, przytajało się po norach, gniazdach i niedostępnych borach. Nikt nie stanął do walki. Stchórzyli przed wyzwaniem. Więc jakby otrąbiwszy zwycięstwo, zawlókł triumfująco resztki sarny do budy i rzucił się na barłóg, srodze wyczerpany.

Była to pierwsza noc w puszczy, jaką przespał spokojnie i bez trwogi.

O świtaniu poszedł pić i, wytarzawszy się w jeziorze, przyległ pod sosnami w słodkim brzęku pszczół, wyruszających z barci na robotę.

Dzień podnosił się bardzo cudny; pod drzewami leżał jeszcze mrok orosiały i przejęty ciężkim, duszącym zapachem żywicy i grzybów; mgły ruszały z nocnych legowisk i przysłaniając porębę modrawą chmurą, biły w niebo przejrzystemi kądzielami; zawiało tchnienie zbliżającego się słońca; drgnęły budzące się drzewa i deszcz perlistej rosy spływał na ziemię; wśród niepokojącej, sennej cichości jęły się prząść pierwsze szmery i szelesty, trzepania skrzydeł i świergotania. A kiedy noc zbladła, ukazując coraz wyraziściej zarysy drzew, puszcza zadrgała życiem. Do jeziora zaczęły nadciągać nieprzeliczone stada ptactwa.

Rozfalowały się trzciny przez które wydeptanemi ścieżkami śpieszyły do wody, sarny. Zarechotały dziki, tłoczące się całemi stadami. Wilki przemykały się bez szelestu, w powietrzu jeno pozostawiając ślady swego przejścia. Szczekały lisy, kręcące się niespokojnie. Z drzew spływały drapieżniki, ledwie poruszając skrzydłami. Krzyki dzikich gęsi i kaczek roznosiły się w powietrzu wraz z głośnym pluskiem wody.

Na samym końcu nadciągnęły żórawie. I te gęste ciżby wielkich i małych drapieżników, grzebiących i trawożernych, — wszystek naród puszczy, z radosną wrzawą swobody nasycał pragnienie i kąpał się bezpieczny pod osłoną praw odwiecznych, zabraniających pod karą śmierci polowania przy wodopojach.

Rex leżał pod sosną widną dla wszystkich i złowrogi swoją wielkością i zbrodnią, jaką był wczoraj popełnił w tem miejscu. Nikt go jednak nie zaczepiał.

Wymijano go, jakby nie spostrzegając. Ani jedno ślepie nie błysnęło w jego stronę. Przechodzili spokojnie, jakby go tam nie było.

Przejęło go to niepokojem, nie dowierzał tej obojętności, musiał się w niej kryć jakiś podstęp. Zwłaszcza postawa wilków nakazywała największą czujność. Ale kiedy zorze zagrały purpurą na wodach, leśny naród rozpłynął się tak prędko i niedosłyszalnie, jak resztki mgieł. Pozostały tylko żórawie. Zasiadły nad jeziorem wielkiemi stadami, a otoczywszy się gęstemi czatami, rozpoczęły nauczanie młodzieży. Co pewien czas zrywało się jakieś stadko z przodownikami na czele i, zataczając kręgi, wznosiło się coraz wyżej nad bory, pod zróżowione chmury i tam, sformowawszy trójkątne klucze, zdały się ginąć gdzieś w przepaściach nieba, że tylko przeciągły klangor znaczył ich niebosiężne szlaki.

Powracały w takim samym porządku, żeby po odpoczynku zaczynać na nowo.

Rexowi zamarzyła się zemsta za niedawne upokorzenia, więc skoro noc zapadła i mgliste zawoje spowinęły całą porębę, zaczął się czołgać ku stadom, próbując przeróżnemi podstępami prześlizgnąć się przez kordony stojące na jednej nodze i z głowami podwiniętemi pod skrzydła. Lecz zanim dosięgnął linji, na której stróżowały, zerwał się krzyk przeciągły i ciężkie jak maczuga dzioby spadły mu na grzbiet.

Spieniony, nienasycony zemstą, zagrzebawszy się w barłogu, zasnął prędko.

Noc już była późna, księżyc płynął nad borami, wody drgały świetlistem, nieustannem skrzeniem, mgły srebrną przędzą motały się na trawach i niskich krzach, gdy nagle, gdzieś z nad jeziora, wytrysnął rozełkany śpiew żórawia.

Puszcza oniemiała w zdumieniu i zachwycie. Ucichły naraz walki i gonitwy, bór znieruchomiał i zasłuchał się, zaczarowany śpiewem, wynoszącym się z niezamąconej cichości czarem nieukojonej tęsknoty i marzenia. Jakby coś przenajświętsze, ukryte w głębiach wszystkich dusz, dawało znać o sobie, budziło i porywało.

Rex ani wiedział kiedy, doczołgawszy się do czat żórawianych, przywarował w trawach i, nastawiając uszu, zapomniał nawet o własnem bezpieczeństwie.

Żórawie zalegały brzegi jeziora z szyjami wtulonemi pomiędzy skrzydła, zaś jeden z nich, snać wódz i bard zarazem, stał z podniesioną do księżyca głową i śpiewał przeciągłym, rwanym a tak melodyjnym głosem, że zdawał się być ze skrzeń srebrzystych i zapachów. Niekiedy podnosił skrzydła i, bijąc niemi, okręcał się dokoła siebie w jakimś hieratycznym tańcu, śpiewając coraz górniej, uroczyściej i teskliwiej. Śpiewał rapsody o dalekich, dalekich wędrówkach pod zachód słońca! O ziemiach ogromnych, górach niebotycznych i morzach szumiących. Śpiewał potem uroki złotej pustyni, rzek niebieskich, palmowych gajów i palącego słońca. Śpiewał o ziemiach, gdzie niema człowieka i gdzie wszelkie stworzenie żyje wolne, szczęśliwe i nieśmiertelne. Jakieś baśnie, zasłyszane od praojców, zebrane po pustyniach i wyrwane z tęsknot serc strapionych, śpiewał.

Rex zadrżał, poczuwszy wilczy swąd: z pod sosen migotały zielone ślepia, lisy kręciły się niespokojnie i, bijąc ogonami, czołgały się coraz bliżej; rysie wisiały na konarach. Nawet plugawe dziki zalegly całem stadem i leżały z ryjami podniesionemi na księżyc. Gromada jeleni z lasem rogów na łbach potężnych, nadsłuchiwała jakby wrośnięta w ziemię. Chmary skrzydlatych obwieszały wszystkie nasienniki i krzaki. Niemal cały lud leśny cisnął się ze wszystkich stron i w jakiemś modlitewnem skupieniu zdawał się śnić na jawie czarodziejskie wizje utraconych rajów. Omdlewała w nich pamięć codziennego bytowania — pamięć walk, głodów i mordów. Nieśmiertelne tchnienie tęsknoty jednoczyło wszystkie te uwięzione dusze i porywało w zadumy przyszłych istnień.

Wódz śpiewał niestrudzenie, a czasami do wtóru biły suche kląskania dziobów lub długi, żałosny krzyk zrywał się z pośród stada.

Przed świtem, gdy księżyc zaszedł i chłód powiał z mrocznych głębin, pieśń umilkła i poręba wnet opustoszała. Żórawie posnęły, mgły zaciągały się nad niemi białawemi płachtami, bory stanęły milczące, że tylko z linji czat odzywał się od czasu do czasu ostry krzyk czuwających.

Rex nie mógł wrócić do równowagi. Nie potrafił sobie znaleźć miejsca, wciąż go coś ponosiło, że ledwie doczekawszy się dnia, popędził w pola na jasny, szeroki świat. Gnał do swoich. A taką poczuł w sobie odmianę, że wymijał spłoszone zające. Serce miał przepełnione radosną miłością. Zaszczekał przyjaźnie do spotkanych kuropatw. Tarzał się po orosiałych zbożach. Na chłopskich pastwiskach rozerwał pęta koniowi, nie mogącemu się wydostać z rowu.

„Na wschód słońca! Na wschód" — brzmiały mu strzępy zasłyszane.

Właśnie stawał się cud wschodzącego słońca. Wynosiło się ogromne i czerwone, widomy znak łaski, strzeliste oko miłosierdzia nad światem.

Zrodziła się w nim wtedy jakaś myśl jeszcze ciemna, rozchwiana, lecz nie dająca mu spokoju i przerażająca ogromem zuchwalstwa.

Myśl wywędrowania tam, gdzie odlatują żórawie, do tych ziem błogosławionych, gdzie niema człowieka, i panuje wolność i szczęście.

Przebiegał znajomą wieś, psy przyjmowały go nieufnie, ten i ów zaświecił kłami, ale skoro zawarczał przyjaźnie, odprowadzały go do dworskich gruntów.

Przysiadłszy na kopcu granicznym, w porywie radości zaskomlał tajemniczo.

— Przyleciałem wyprowadzić nasz ród z człowieczej niedoli.

Szykujcie się. Niechaj który czeka na mnie na górze pod lasem.

Wyłożę obszernie.

Skoczył naraz w zboża, drogą nadciągały zaprzęgi wołów, ciągnące ciężkie, skrzypiące wozy naładowane zbożem. Baty ustawicznie spadały na ich grzbiety.

Przed podwórzem na drodze zobaczył, jak starego osła z workiem na łbie batożyli chłopcy, napędzając go do dołów z wapnem. Osieł ryczał w niebogłosy.

— Nie daj się! Pomogę ci! — zaszczekał uniesiony gniewem i współczuciem

I zerwał mu worek. Osieł, rozjuszony cierpieniem i pomocą, rzucił się gwałtownie na chłopaków, wierzgał, tratował i chrzypiał, jak zardzewiałe wrótnie.

Rex, nie słuchając jego dziękczynień, wdarł się chyłkiem w podwórza, do budy Kruczka, który ze strachu nie śmiał mu bronić wstępu. Rex wyłożył mu swoje zamiary. Stary pies, po dłuższem rozważaniu, zawarczał.

— Wyprowadź wszystkich, to się ludzie powściekają ze złości. Przecież wszystkich jednakowo żre nędza, baty i praca!

— Wszystkie rogi, wszystkie kopyta i wszystkie ryje? — Zdumiała go taka perspektywa. — Ale czy zrozumieją i pójdą? — Powstały w nim głębokie wątpliwości.

— Kto nie pójdzie, niechże zdycha pod batami, przecież będzie musiał pracować za tych, którzy odejdą. Trzeba im to wyłożyć. Daleka droga?

— Za góry i za morza, tam gdzie zimują żórawie, daleko, daleko... Kruczek zerwał się, aż mu zabrzęczał łańcuch, i gniewnie warknął.

— Mówili żeś wściekły, ale widzę, żeś tylko głupi. Wynoś się!

— Gadaj do baraniego łba. Lej świni miody a będzie przekładała pomyje, bo w nich się jeno nauczyła smakować. Żebyś nie żałował.

— Ostrzegał dotknięty jego sądem.

— Wynoś się. Zobaczą cię a na mnie się skrupi. Pójdą za tobą, to i ja nie zostanę.

— Tak przyrosłeś do łańcucha, że wolność cię przeraża. Nie potraficie się nawet zbuntować! — narzekał, powtarzając za puhaczem.

— I twojej papudze zachciało się wolności, uciekła i wczoraj na pół żywą wydarli ją jastrzębiom. Ma połamane skrzydła. Słyszałem jak biadoliła!

Przyjął tę wiadomość z gorącem współczuciem, żal mu było przyjaciółki. Poleciał zaraz do niej, ale zastąpiła mu drogę dziewka, grożąc kijem. Przewrócił ją i srodze poturbował, aż całe podwórze zbiegło się na jej ratunek.

Przepadł w zbożach i, rozgniewany, krążył dokoła zabudowań, jeno nie chyłkiem, nie nocami, ale w biały dzień, jak prawdziwy mocarz, siłą nakazujący sobie posłuszeństwo. Opętany tą wielką myślą, oddał się jej wszystek, i całą mocą gorącego serca i gwałtownego temperamentu. Po za tym wielkim celem już nic nie istniało dla niego. Psy uwierzyły w niego i, słuchając we wszystkiem, miały go za swego pana i wodza.

Zawsze kilku najmocniejszych towarzyszyło mu zdaleka dla ochrony i pomocy. Bowiem nie poznawali go, tak się był przemienił na wolności. Swoim ogromem, maścią i kształtem sprawiał wrażenie prawdziwego lwa. I głos miał lwi, bo kiedy zaryczał gniewnie, wszelkie stworzenie przypadało do ziemi z trwogi; żywił się na koszt dworu, nie dbając o jego opinję. Stał się dumny, wyniosły i okrutnie mścił się na dawnych wrogach, nie przepuszczając nikomu.

Obrał sobie na stałą siedzibę górę na pastwiskach pod lasem, nazywaną przez ludzi Zamkiem. Była to ogromna kupa gruzów, połamanych ścian i rozsypujących się baszt, zarośnięta gąszczem leszczyn, brzeziny i jeżyn. Tam w jakiejś sklepionej, wpół zasypanej izbie, chroniącej jednak od deszczów i wiatrów, przyjmował swoich pomocników, naradzał się z nimi i wysyłał na agitację po całym kraju. Zwykle siadywał wysoko, na jakim złomie, rozpatrując po polach orlemi ślepiami, a gdzie jeno dojrzał jaką krzywdę — już tam spieszył.

— Nie daj się! Brońcie się! — to było hasło, jakie rzucał on i jego towarzysze zwierzętom tyranizowanym przez ludzi. Budziło też wszędzie jednakowe następstwa.

I dziwne rzeczy zaczęły się stawać. Konie za każdy bat odpowiadały kopytami, woły rwały uprzęże i porozbijawszy wozy czy pługi, najspokojniej szły wypasać się w zbożach; świnie nie chciały opuszczać pól kartoflanych; psy, raz pospuszczane, nie pozwalały się już brać na łańcuchy, nawet głupie owce przepełniały powietrze buntowniczemi bekami. Tylko stary osieł, mimo szczęśliwie udanej próby, nie śmiał się więcej bronić, i po każdych plagach ryczał coraz żałośniej.

— Kiedy się boję! Strasznie się boję!

Bunt szerzył się z niezwykłą szybkością, bo wszędzie psy stawały za pokrzywdzonemi, rzucając się na ciemiężycieli. Powstawały ciągłe walki, lała się krew, trzaskały kije o grzbiety, świstały baty, nie ustawały przekleństwa i głosy katowanych rozbrzmiewały po całym kraju złowrogim jękiem rozpaczy. W tej zaciętej walce padało dosyć zwierząt, lecz i wielu ludzi dogorywało, pobitych rogami, lub wziętych pod kopyta. Walka zaostrzała się z dnia na dzień, bo przyszły żniwa, zwózka z pól, podorywki, a konie i woły odmawiały posłuszeństwa. Zrozpaczeni ludzie przypisywali tę krnąbrność panującym upałom i jakiejś epidemji.

Rex wysłuchiwał relacji o tem, co się dokonywało, z niewzruszonym spokojem. Pewność zwycięstwa rozpierała mu serce. Podnosił dumnie łeb i, obejmując czuciem troski świat cały, miał się już za jego władcę, i pana. Więc dla przyspieszenia chwili powszechnego szczęścia, sam zaczął obiegać wsie i miasteczka. Niejedną noc przepędził w chłopskich stajniach i oborach. I niejeden raz musiał uciekać przed kijami, ale wracał uparcie i kiedy pogasły chałupy, wsuwał się jak lis, głosząc niedaleki dzień wyzwolenia. Sławił to szczęście z żarliwością niezłomnej wiary, lecz pomimo tego, szło mu bardzo ciężko. Czasem słuchano go, jakby z ufnością i odpowiadało mu głuche, apatyczne milczenie. Niekiedy podnosiły się ciężkie, rogate łby, błyskały ślepia i przemawiały kopnięcia racic.

— A do budy, psie! Nie przeszkadzaj spać!

— Zerwał się z łańcucha i myśli, że to wolność!

Wreszcie w jakiejś oborze wysłuchano go z uwagą, i po długich stękaniach, glamiąc nieustannie, odpowiedziała jedna krowa sennym pomrukiem.

— Po co mamy szukać paszy tak daleko? A któż nam da gorącego picia? Kto podrzuci siana? Kto wymości oborę świeżą słomą? I jedna po drugiej sławiły dobroć swoich gospodarzy i rozkoszne obory.

— Doją was za to i zabierają cielęta! — warknął niecierpliwie.

— Cielęta! Cielęta! — przypominały sobie z trudem, wzbierając nagłą tęsknotą.

— A potem zabijają was i pożerają!

Trwoga śmierci zadrgała w ich cielskach, w przyćmionej pamięci zamajaczyła ruda broda i białe szpony, które porywały ich dzieci, ich matki, ich rody i wiodły na zatracenie, że naraz ryk strachu zerwał się jak huragan i leciał z obory do obory, aż cała wieś się przebudziła i ludzie przybiegli z kijami.

— Nie daj się! Broń się! — zaszczekał zajadle, wskoczywszy do sadu.

Ale kije zrobiły swoje, zaległa cisza, przerywana bolesnem stękaniem.

Pienił się na ich bierne tchórzostwo.

— Przegryź mój łańcuch, a pokażę co potrafię!

Głupi — podjęła druga. — Na swojego gospodarza się rzucę, co? Głupi!

— Kopnęłam kiedyś gospodynię i trzy dni stałam przy pustym żłobie, trzy dni.

Z wyrozumiałą cierpliwością rozpoczął znowu swoje nawoływania.

— Nie puszczą nas — przerwała mu jedna. — Rwałam się kiedyś do buraków, nie dali, próbowałam do kapusty i już płot złamałam, kulas mi przetrącili. Nie wypuszczą nas. Psu pozwolą latać gdzie mu się podoba, bo cóż to jest — pies?...

Zadumały się nad tem, glamiąc wciąż i porykując tęsknie za pastwiskiem.

Na szczęście w oborach, gdzie stadniki, zgoła inne znalazł przyjęcie. Zrozumiano go w lot. Rozpaliły się dziko oczy, krótkie łby jęły targać łańcuchami, a chrapliwe, rwane ryki wstrząsały ścianami.

— Prowadź! Zerwij nasze łańcuchy! Dosyć mamy obór, jarzma i człowieka! Prowadź, stada pójdą za nami. A kto nam stanie na drodze, tego na rogi i pod kopyta!

Ryki grzmiały coraz potężniej, racice darły ziemię, bojowy szał migotał w ślepiach, a szorstkie ozory miłośnie polizywały Rexa. Skrzepiony taką gotowością, zaczął oblatywać stajnie. Odważnie wczołgiwał się do zagnojonych, ciasnych i dusznych komór, gdzie więziono końską zbieraninę, spędzoną wypadkiem, gdzie głód, bat i praca zrównały wszystkich w niedoli.

Ale trafiał na tłuste, proboszczowskie klempy, które ani słuchać nie chciały, bo jegomość co dnia im dawał po kawałku cukru lub chleba. Były i wypasione chłopskie mierzynki, śniące jeno o szaflu kartofli z osypką. Reszta to były jeno końskie łachmany, kupy potrzaskanych gnatów i podartych skór, — wywłoki koślawe i poodbijane do żywego mięsa, ślepe, pełne gnijących ran, ze łbami kościotrupów, prawdziwie hyclowski towar, dogorywająca padlina, wspaniały obraz ludzkiej podłości.

Kiedy Rex skończył, — odpowiedziały mu łzy, spływające z zaropiałych ślepiów i przesmutne rżenia, podobne do rozdzierających szlochów.

— Zapóźno! Dla nas niema już ratunku, niema nawet nadziei! Nie dziś, to jutro rozwloką nas wilcy i wrony rozdziobią! Przeklęte niech będzie życie!

Ale odnajdywał po stajniach większych gospodarzy i jaśnie pańskie resztki, w tych przemówiła szlachetna krew, dały się porwać nadziejom, pamięć dawnego życia rozprężała zastygłe kości, a posmak wolności słodszym był, niżli owies.

— Prowadź! Prowadź! — rżały gwałtownie i, dumnie podnosząc wynędzniałe łby, chwytały nozdrzami powiewy wiatrów,

— Pamiętam świat szeroki — rżał, stary siwy ogier. — Przepływałem morza! Kopytami podgarniałem ziemię! Z wiatrami chodziłem w zawody! Ni huk armat mię płoszył, ni przerażały kule, ni dzid błyszczące ostrza! Niech trąbka da sygnał! Gotowym na bój! Z drogi! Rozniesiem wrogów na kopytach! I pomimo dychawicy i starości, rwał się naprzód na wolność.

Były jeszcze inne, wysłużone po dworach pałacach i miastach, które los zepchnął na samo dno nędzy i cierpienia; trafiały się wyścigowce, posprzedawane przez zbankrutowanych panów i wraz z nimi staczające się w otchłanie: znalazł się i jakiś czysty anglik okulawiały, z opuchniętemi stawami, który całe lata chodził w kieratach, że teraz nie umiał już chodzić prosto, a jeno wciąż zawracał w kółko, ten zgoła jakby oszalał na Rexowe wezwania.

— Gończe grają! Hop! hop! Na przełaj! Z kopyta prędzej! Galopem! — rżał dziko, galopując po ciasnej stajni i odbijając się o żłoby i ściany. Odsadził wyleniały ogon, sprężał grzbiet i, potrząsając grzywą, cwałował wciąż w kółko.

Rex uciekł jak od oszalałego, i w jakiejś następnej stajni natrafił na zwyczajne, chłopskie szkapy. Mocne były i zdrowe, przywykłe do pracy i bata, chytre i w miarę leniwe, a w potrzebie umiejące się przeżywić choćby słomą zdartą ze strzechy. Słuchały go cierpliwie, obwąchując przytem starannie.

— A cóż nam przyjdzie z tej psiej wolności? — postawiły kwestję bardzo trzeźwo.

Z uniesieniem pokazywał cudne miraże przyszłego szczęścia.

— Za darmo nie dadzą nigdzie i garści gołej sieczki!

— I człowiek mani: orzcie, koniki, skończymy — to dostaniecie po opałce owsa.

— Pasibrzuchy, chamy! Niedowiarki! — wrzał zagniewany i stropiony,

— Spokojnie! Tylko głupie źrebięta z zadartemi ogonami pędzą w cały świat! Człowiek jest gałgan, tyran i morderca, wiadomo. Baty, bóle, praca ciężka i chude obroki. Ale kto nas będzie żywił na wolności?

— Wszystkie stogi wasze! Wszystkie koniczyny wasze! Wszystkie zboża wasze!

— I nam się już nieraz zdawało to samo, a skończyło się bardzo źle, batami.

— Zostańcie z człowiekiem, jak wszyscy go opuszczą, będzie miał się na kim pastwić! Da wam takiego owsa, że zęby pogubicie. Chytre były i ostrożne, ale nie głupie, więc zaprzysięgły stawić się na wezwanie.

Rex powracał do swoich ruin, wstępując jeno po drodze tu i owdzie, żeby przypominać porę i miejsce, gdzie się mieli zbierać, gdy napotkał ogromne stado trzody pasącej się w dworskiej koniczynie Z przyzwyczajenia rozsrożył się na

szkodników, lecz, ochłonąwszy, zaczął im swoje prawić.
Zbiegły się z maciorami na czele i, otoczywszy podniesionemi ryjami, wpierały w niego szare, mądre ślepia. Chrząkały niekiedy i, przestępując z nogi na nogę, cisnęły się coraz bliżej, aż go zamgliło od ich fetorów i zaniepokoiły ryje błyskające białemi kłami.

— Czegóż ten chce? — przerwał mu brutalnie stary ogromny kierda. — Zbrakło ci gnatów do obgryzania i przyleciałeś nas buntować? Jakaż ci to bieda u człowieka? Żresz aż ci kałdun spęczniał; wylegujesz się, całe dnie latasz za sukami, gdzie ci się podoba. Czegóż ci więcej?

— Szczęścia i wolności wszystkich uciemiężonych! — zaskomlał uroczyście.

— I to tak szczeka pies! — oburzył się kierda, — który na rozkaz człowieka wszystkich gryzie, szarpie i wygania! Gorszy od niego samego. Pewnie zmówił się z wilkami i chce sobie z nas zrobić spiżarnię! Znamy takich dobroczyńców! Mnie któryś z twoich ogon oberwał i zagryzł dwa prosięta. Rozprułem mu brzuch. Pilnujno swoich flaków i głupich nawołuj do wolności, od świń ci wara! Mądrala, a nie pojmuje, że na świniach opiera się prawda świata, jego spokój, ład i rozsądna progresja. A człowiek jest panem, bo jest głową wszystkiego! On myśli, pracuje i zabiega, żebyśmy wszyscy mieli co żreć, żebyśmy istnieli, Ty ze swoim rozumem możesz tylko zgubić nas wszystkich. Świat urządzony jest mądrze, każdy powinien być na swojem miejscu i słuchać, co mu człowiek rozkaże.

— Was tylko pożera, lecz drudzy całe życie cierpią i męczą się okropnie.

— Milcz, bo ci flaki wypuszczę i pamiętaj, że przy maciorach nie mówi się o śmierci. To nasza tajemnica! Dobrowolna ofiara składana za istnienie całego naszego gatunku. Odejdź prędko i omijaj nas zdaleka, ty przygłupku psi.

— Maciory, warchlaki, prosięta i wy mężowie rodu! — zawył nagle Rex.

Szyderczy rechot zgłuszył jego patetyczne naszczekiwania.

— Pies bezpański, włóczęga, złodziej.

— Twoja wolność warta jest ogryzionego gnata.

— Podły, kąsa ręce, które mu dawały chleb.

— Chce nas wygnać z chlewów i wydać wilkom!

— Głupi, z człowiekiem chce wojować! — Pokwikiwała
rozjątrzona tłuszcza, potrącając go ryjami i cisnąc się do niego
coraz groźniej. Zrozumiał, że jeśli się im w czemkolwiek sprzeciwi,
to stratują go i rozerwą na kłaki. Więc, zapanowawszy nad sobą,
zaczął udawać sennego, kiwał głową, odganiał muchy ogonem i
wreszcie rozciągnął się na ziemi jak długi.

Dały mu wreszcie spokój a ponieważ południowe słońce mocno
dopiekało, rozłaziły się po brózdach i rowach, szukając chłodu dla
swoich tłustych kałdunów.

— Za dużo świń na świecie! — rozmyślał, wyrwawszy się z tego
towarzystwa. — I ciężko im ryje podnosić do słońca! — Stwierdzał
z pewnym smutkiem, przemykając się do swej siedziby. Nie
martwił się tym epizodem dopiero co przeżytym, będąc pewnym,
iż większość pójdzie za nim. Bowiem idea przeniknęła już do mas i
szerzyła się jak pożar. Odwieczne cierpienia uprawiły serca pod
zasiew wiary i ślepego posłuszeństwa temu, który im ukazywał
kraj obiecany. A do porywającej idei dołączała się i ta granitowa
pewność, że życie na wolności, to nieskończone lata zapełnione
jeno żarciem, mnożeniem się i wypoczynkiem. Donosili mu, że już
wybuchały spory i kłótnie o to, kto i jakie pola będzie objadał.
Wysłuchiwał tych relacji z wyrozumiałą pobłażliwością.

— Już się niecierpliwią, trzeba wyruszyć jaknajprędzej —
rozważał.

Od sceny ze świniami, dwa potężne owczarki nie opuszczały go
już ani na jeden krok.

A później przyłączyła się do nich cała sfora zdziczałych
samotników i bezpańskich włóczęgów, więc żeby ich wyżywić, Rex
musiał z niemi robić wyprawy w bory i pustoszyć je bez
miłosierdzia. Załatwiał przytem swoje niezapomniane jeszcze
krzywdy, wyzywając mściwie cały naród leśny do walki. Juści, że
nikt nie przyjął wyzwania, nawet dziki nie chciały zadzierać z
rozzuchwalonemi zbójami. Zasię drapieżne ustępowały chytrze
pola, krążąc jeno zdaleka i wciągając ich niepostrzeżenie coraz
głębiej. Tymczasem stawała się łupem najeźdźców cała puszcza.
Nieraz całe dnie rozlegały się w lasach dzikie naszczekiwania,
budzące śmiertelny popłoch i zgrozę. Rozbestwiona horda
mordowała bez litości i potrzeby. Bek rozszarpywanych saren i
jeleni wybuchał w coraz innej stronie. Co tylko mogło, kryło się lub

uciekało w najdziksze ostępy. Puszcza zamierała w trwodze, nawet ptaki śpiewały lękliwiej, a dopiero nocami, pod osłoną ciemności wrzały żałosne skargi i zawodzenia. Zwłaszcza puhacze huczały złowróżbnie.

— Śmierć dokoła! Biada! Biada! Biada!

— Ginie wolność! Ginie puszcza! Ginie świat! Biada! — łkały głosy przerażeń.

A wilki gdzieś w niedojrzanych głębiach wyły przeciągle i coraz dalej, że psy, porwane bojowym szałem i niesyte jeszcze mordów, krwi i sławy, goniły zaciekle, pragnąc się z nimi spotkać i rozprawić.

— Uciekają niby zające! Hańba im i śmierć! — skowyczał Rex, nie ustając w pogoni.

I pędziły ze wszystkich sił, wściekłe, spienione, prawie oszalałe do samego dna puszczy, aż tam, gdzie już nie było dróg, ni ścieżek, ni gęstego podszycia, a stał jeno prawieczny, niebotyczny i zwarty, czarny bór, gdzie już nie przenikało słońce a panował wieczny mrok i martwe milczenie; gdzie nie było traw zielonych ni kwiatów, a ziemię pokrywały jakby rude liszaje i białawe strupy, a tu i owdzie z mroków polśniewały zaropiałe oczy stawów. Psy zwolniły biegu, z trudem przedzierając się przez zwały odwiecznych drzew, groble suszu i nasypiska pokruszonych skał. Zielonkawy zmierzch jakby dna morskiego, w którem wszystko stawało się nieuchwytnem majaczeniem, przejmował lękiem, że przemykały się z podwiniętemi ogonami, wietrząc podejrzliwie i co chwila przystając.

Głosy wilków rozwiały się w oddaleniu, a jeno niekiedy przeleciał górą krzyk orła lub powiewały z szumem niedojrzane wierzchoły drzew.

Jakiś przykry a nieznany swąd zawiercił im w nozdrzach.

— Stać! Czyj to ślad? — zaniepokoił się Rex, wietrząc na wszystkie strony.

Sprężyły się grzbiety, ten i ów zaszczękał kłami. Wielu chciało zawracać.

— Naprzód! Jeśli tam wróg, śmierć mu! — zdecydował mężnie Rex.

Ruszyły ławą z nosami przy ziemi, a nastawionemi słuchami.

Bór rzedniał, skał było coraz więcej, świt podnosił się w głębiach i rozwidniał. Wreszcie odsłoniła się jakby wielka polana, sterczały z niej potężne, białe skały, niby ostre kły wymierzone ku niebu i dźwigały się olbrzymie buki, jakby kowane z zielonawego bronzu. Strumień spadał z bełkotem po kamieniach. Jakieś wielkie, czarne ptaki siedziały na skałach. Niebo wisiało wysoko i przygrzewało południowe słońce.

Psy z rozkoszą chłeptały wodę i, wytarzawszy się po trawach, legły na spoczynek.

— Wytchniemy i wracamy! — decydował Rex, nie przestając podejrzliwie węszyć.

Wszyscy posnęli, tylko jeden z owczarków, natrafiwszy na jakiś niepokojący trop, poleciał za nim, i biegając w różne strony z nosem przy ziemi, warczał trwożnie.

— Nie wilczy... nie rozumiem... strzeżcie się! Wróg w pobliżu!

Naraz głuchy, potężny ryk wstrząsnął powietrzem.

Psy zerwały się jak jeden, gotowe do walki lub ucieczki.

Niedźwiedzie przechodziły rzeczkę po wystających z wody kamieniach: przodem szedł piastun, przyciskając do piersi dwoje małych, a za nim samica.

Psy, zobaczywszy takie potwory nigdy nie widziane, cofały się bezwładnie z żałosnym skowytem. Zbijały się w kupę, szczękając kłami i dygocąc w febrze przerażenia. Rex orał ziemię pazurami, rozpatrując ze drżeniem nieznanego wroga.

Piastun, przeszedłszy strumień, oddał matce niedźwiadki, zaczęła je popychać nosem i oglądając się trwożnie, zaganiała je prędko w jakąś szczelinę skalną, zarośniętą krzakami, a sam wspiąwszy się na zadnie łapy i zaryczawszy potężnie, ruszył zwolna ku psom... Ogromny był, wzrostem przechodził człowieka, rudawy z białem podgardlem, z otwartej paszczy połyskiwały rzędy białych zębów.

Psy zakręciły się nagle skotłowanym wirem, rwała je chęć ucieczki, obezprzytomniał strach, a zarazem gniew i zapalczywość wydobywała z nich wściekłe skowyty.

Tylko Rex nie poruszył się z miejsca, stał na przedzie cały w dygocie straszliwej żądzy walki. Przyginał się do skoku, sprężał, napinał grzbiet, zbierał wszystką moc, pochylał coraz niżej łeb, wpijał się w niego rozgorzałemi ślepiami, aż w jakiemś mgnieniu cisnął się w jego pierś niby kamień. Cios był tak niespodziany i potężny, że niedźwiedź przewalił się w tył jak kłoda. I porwał się na nogi błyskawicznie, ale Rex nie rzucił się na niego, a jeno zaczął obiegać dokoła, dopadać i szarpać gdzie się dało, że niedźwiedź z rykiem obracał się na wszystkie strony nie mogąc go dosięgnąć łapami.

Wtedy — jakby na znak wodza, cała sfora rzuciła się na niego. Sto kłów i pazurów chwyciło się jego skóry, drąc ją bez miłosierdzia. Zawrzała nieubłagana walka. Niedźwiedź co chwila stawał na tylnych łapach i co chwila jakiś pies wylatywał w powietrze, i ze złamanym grzbietem i pogniecionemi żebrami padał głucho na ziemię, reszta tem zajadlej wżerała się w olbrzyma.

Nawet ranni walczyli do ostatnich drgawek śmierci tak zaciekle, że niepodobna mu było się obronić. Napróżno ze straszną siłą i przerażającym rykiem rzucał się na całe stado i jednem uderzeniem łapy gruchotałgrzbiety i zabijał; napróżno gryzł i dusił, rozmiażdżał stopami, przygniatał sobą i rozrywał pazurami. Psy nie ustępowały. I niby dąb miotany wichurą, chwiał się na wszystkie strony, darty kłami rozwścieklonej hordy. Nie myślał o ucieczce, broniąc się z rozpaczliwem męstwem, ale już poczuł kły we wnętrznościach, już mu obdzierano boki, wyrywano uda i łamano żebra, ża raz po raz przewracał się na ziemię i, zrywając się na nogi ostatkami sił, cały w ranach i strzępach, brocząc obficie juchą, z oczyma przymglonemi bielmem śmierci, walczył do upadłego.

W jakiemś mgnieniu, kiedy się zrywał po raz ostatni, Rex skoczył mu do gardzieli, padli obaj na ziemię, a reszta runęła na niego. Zwarli się w jeden kłąb nierozplątany pazurów, kłów, łbów, okropnych ran i skowytów, taczających się po murawie ze strony na stronę, który, bluzgając krwią, rozbijał się o drzewa, krzaki i kamienie, znacząc swoje ślady trupami i ciężko rannymi.

Jeno kruki spływając ze skał i drzew krążyły coraz niżej.

Wreszcie wybuchnął ostatni, chrapliwy ryk konającego niedźwiedzia.

Rex wydarł mu serce, ociekające krwią i chciwie pożerał, a towarzysze, chłepcąc gorącą jeszcze posokę, nasycali się dowoli drgającem jeszcze mięsem.

Rex przynaglał do odwrotu, trwożnie oglądając się na skały.

Zawyły psy pieśń zwycięstwa, aż rozełkały się echami bory i

popędziły z powrotem.

Na pobojowisku pozostały jeno trupy konających i chmara kruków, wron i jastrzębi, rzucających się na obfity żer.

Pomimo wyczerpania walką pędziły co tchu starczyło, pozostawiając za sobą osłabionych i ciężej rannych, aż o świtaniu dopadły swego legowiska.

Niewiele ich powróciło, najdzielniejsze padły w walce lub konały po lasach.

— Za drogie zwycięstwo! — skamlał Rex, przeglądając żałosne resztki, ledwie już dyszące z wyczerpania i upływu krwi.

Zwłaszcza żałował owczarków, oba padły w pierwszem zaraz natarciu na niedźwiedzia.

Zwlekały się posępnie do sklepionej izby, ale żaden nie potrafił zasnąć, gdyż z lasów nadpływały jakieś złowrogie wrzawy.

Bowiem lotem błyskawicy leciała wieść o śmierci niedźwiedzia: śpiewały je ptaki ptakom, szemrały drzewa drzewom, a wiatry roznosiły, że po całej puszczy łkał jękliwy, żałobny krzyk:

— Pan zabit! Biada puszczy! Śmierć zbójom! Śmierć!

— Mocarz to był. Prawdziwy król! — rozważał Rex, wspominając jego siłę i ryki. Wzdrygnął się zimnym dreszczem i nasłuchując tych żalnych zawodzeń leśnego narodu, poczuł, że wszyscy zapragną na nich wziąć zemstę.

— Niepodobna stawać przeciw całemu światu! — zaskomlał trwożnie, gdyż głosy wzburzenia napływały falą coraz gorętszą i gwałtowniejszą.

Dzień przytem wstawał chmurny i wietrzny, a jemu zdawało się chwilami, że wraz z wiatrem powstają drzewa, rwą się naprzód i poświstując dziką pieśń walki, runą na niego. Czuł się tak śmiertelnie zmęczonym, że padł na barłóg i zasnął, budząc się jednak co chwila, za każdym głośniejszym poszumem wichury, gdyż słyszał w nich przeciągłe wycia wilków, krakania i dalekie, dalekie ryki niedźwiedzi...

— Jeden zabity a ilu jeszcze zostało? — Z tem uciekł w pole, żeby się przespać.

Potem — już kiedy odpoczął i nieco się uspokoił, rozesłał gońców na wszystkie strony z przypomnieniem o dniu zbierania się na dworskich pastwiskach pod lasem.

Miało to być w niedzielę, po południu, kiedy zadzwonią po

kościołach.

Pod grozą przeróżnych obaw czekał na tę chwilę z największą niecierpliwością.

— Na wolność! Pod słońce! Daleko! Daleko! — majaczył we snach i na jawie.

A te parę ostatnich dni wyczekiwania spędził w dręczącem podnieceniu. Gorączka rzucała go z miejsca na miejsce. Kręcił się bez celu po ruinach. Wybiegał w pola, to wczołgawszy się w gąszcza lasów, godzinami węszył i wypatrywał z ledwie pohamowanym niepokojem. Nadomiar złego i noce nie przynosiły mu odpocznienia, gdyż jakby z rozmysłem sowy i puhacze krzyczały z drzew takie nowiny o gniewie puszczy, że aż zamierało serce i kły szczękały ze strachu. We dnie znów wrony, unosząc się nad ruinami, nie przestawały złowrogo krakać. I coś musiało się tam dziać w głębiach i mrocznych pustkach, bowiem wysłańcy, posyłani na zwiady, przynosili trwożne wieści o jakichś tajemniczych zebraniach wilków i lisów. Zdarzało się też dojrzeć stada jeleni przebiegających niedaleko ruin. I dziki przedeptywały sobie ścieżki do pól również niedaleko. Całe zaś chmary skrzydlatych drapieżników trzymały jakby straż, kołując ustawicznie nad ruinami. A chwilami wyraźnie słyszeć się dawały echa wstrząsających ryków.

Był przekonany, że się to szykuje jakaś wielka wyprawa na niego.

— Jeszcze dwa słońca i dwie noce! — krzepił się nadzieją, widząc się już na czele niezliczonych gromad, dążących na wschód, na wolność.

Przedostatniej nocy chłodnej i zadeszczonej, że niepodobna było zwietrzyć i na parę kroków, wilki rzuciły hasło pokoju, wzywając na porozumienie.

Rex wyskoczył na złom, wystający nieco nad rumowiskiem i zatopił ślepia w gąszcze, gdzie błyskały zielonawe światełka i słychać było stąpania.

— Czego chcecie? — zawarczał dumnie.

Wilki przyciągnęły przed niego kawał sarny, a Kulas zaszczekał pokornie.

— Chwała zwycięzcy i oto łupy.

— Czego chcecie? — odwarknął zdumiony i wietrząc jakąś zasadzkę.

— Składamy ci hołd i daninę! — zaszczekały lisy, stożąc mu u stóp poduszone kuropatwy, bażanty i młode zajączki,

— Czego chcecie? — zawył, groźnie wyszczerzając zęby, że Kulas jakby się rozpłaszczył ze strachu i czołgając się ku niemu, zaskowyczał błagalnie.

— Ratuj nas, niepokonany, ratuj puszczę!

— Wasze sprawy nie są mojemi sprawami! Szczekaj dalej! — mruknął łaskawie.

— Zwycięzco! Zabiłeś niedźwiedzia, pana puszczy, bierz po nim władzę i broń nas.

— Co wam grozi? Może niedźwiedzie? — zdradził się z tą piekącą troską.

— Gorzej, bo ludzie wielką obławą idą od strony wielkiej wody, jadą na koniach, jadą na kołach, idą pieszo, a z niemi ciągną nieprzeliczone hordy psów. Śmierć idzie wraz z niemi i zagłada. Zabijają piorunami, tępią ogniem, łowią sieciami, a zwłaszcza pastwią się nad moim rodem — załkał, drąc pazurami ziemię z rozpaczy.

— I nad moimi znęcają się bez miłosierdzia, — płakał lis, zakrywając oczy ogonem.

— Obława, teraz? Chodziłem na nią kiedyś, ale to było zimą, po śniegach, za tropami.

— Wpadli teraz niespodzianie i mordują wszystkich! Ratuj nas! Ratuj!

— Myśmy niewinni! Niewinni! — zaskowyczały wraz lisy z wilkami. — To złość ludzka, pragną naszych skór! To zbóje i złodzieje, żyją tylko naszą krzywdą! — jęczały płaczliwie.

— Łacno wilk znajdzie na barana winę! — zaśmiał się naraz puhacz, siedzący na baszcie. — A któż to wydusił całe stado źrebiąt? A któż to wybrał z owczarni wszystkie owieczki? Mają się za co mścić! — huczał, nieubłaganie wypominając ich grzechy.

— Na swoich prawach żyjemy! Któż nam śmie zaprzeczać? — zakłapał Kulas z wciekłością.

— Mów wilkowi pacierz, a woli kozią macierz! — szydził dalej puhacz. — A ludzkie szczenię kto porwał z przed chałupy? — wypominał zjadliwie.

— Chodź bliżej i powtórz to nam do ślepiów, ty wszawa pierzyno, ty szczurołapie!

— Milcz, pyskaczu! — zagrzmiał Rex. — Całe noce plotki roztrząsa po lasach! O prawach puszczy prawi! Precz mi z tem plugawem pomiotłem!

Puhacz wyniósł się pośpiesznie w lasy, a wtedy Kulas wyłożył szczegółowo całą sprawę obławy, dając przerażający obraz ludzkich mordów i gwałtów.

— Ważą się na wszystko, znam ich dobrze! Ale jak was obronię? — zadumał się głęboko.

Znalazł się sposób bardzo prosty i łechcący jego dumę.

— Daj hasło swoim, którzy pomagają ludziom, niech ich odstąpią i cała ich moc pryśnie. Cóż poczną bez koni i psów?

— Zostaną im jeszcze pioruny! Straszni są w potędze! Potrafią osiodłać wichry i wody zaprząc do swoich wozów! Widziałem ich moc! Nienawidzę ich, jak i wy, nienawidzę...

— Niezwyciężony, na twój głos powstanie wszystek naród pól, chat i puszczy. Rozkazuj, a wszystkie rogi, wszystkie kopyta, kły i pazury runą na dwunogich, stratują i rozpędzą. Nie oprą się naszej nawale! Wytępimy ich do nogi! Uratuj puszczę. Uratuj świat od człowieczej zarazy. Staniesz się nieśmiertelnym. Przyszłe pokolenia będą cię wysławiały. Zapanujesz w każdem sercu. Wstań, rozkaż i poprowadź, a ujrzysz takie zwycięstwo, jakiego jeszcze nigdy nie oglądało żadne ślepie. Prowadź na naszych wspólnych wrogów! Wytępimy go! Niech jeno pamięć przepadnie. Niech przeklęte będzie jego imię za wszystkie jego zbrodnie, jakiemi pokalał ziemię — chrypiał Kulas, przejęty straszliwą nienawiścią. — Wszystko zabija dokoła! Wszędzie mu ciasno! Plugawi wody, morduje lasy i zostawia za sobą pustkę, śmierć i te obmierzłe, nieskończone pola! Nie mamy już gdzie polować, nie możemy się już wyżywić! Najlepsza zwierzyna ginie z głodu! A teraz wyciąga drapieżne pazury po puszczę, po ostatni nasz schron, po nasze legowiska, gdzie od prawieków, gdzie zawsze żyły nasze rody — zapłakał, dusiła go rozpacz i strach przed jutrem. — Czeka nas śmierć głodowa! Już łosie uciekły, nie mogąc się bezpiecznie kąpać i mnożyć! Jelenie szukają nowych pastwisk. Sarny szukają zbawienia po polach. Ostatnie borsuki zginęły, połapane w żelaza. Nawet niedźwiedzie niepewne już są swoich barłogów. Zagłada powszechna, zagłada! Prowadź nas, ratuj puszczę! Damy ostatnie kły, byle jeno przyszłe pokolenia miały znowu nad łbami szumiący dach puszczy, by się rozpadły w proch ich nory, a pola znowu porosły lasami. Ratuj nas! — zaskamlały jękliwie, liżąc go po łapach i bokach.

— Człowieka nie wytępimy — wyznał z głęboką pewnością. — Niepodobna nocy rozpalić do białości dnia. Ale mścić się — to prawo pokrzywdzonych! Znam dwunogich, nagie to, nędzne, bez kłów i pazurów, a straszniejsze od wszystkiego! Mają niepojętą moc w swoich łbach! Można się przeciwko nim zbuntować, ale niepodobna ich zwyciężyć. A kto z niemi się zadaje, musi wkońcu być ich niewolnikiem. Ja zerwałem już pęta, niezadługo i reszta ludu polnego podniesie rokosz i pójdzie za mną! — podniósł dumnie łeb, ślepia mu rozgorzały i porwany swoją ideą, rozsnuwał obrazy nieniedalekiej szczęśliwości.

Wiedzieli już o tem, ale dopiero kiedy skończył, Kulas zaskomlał.

— Przysięgniemy ci na wierność i pójdziemy z tobą!

Spojrzał podejrzliwie, ślepia ich wyrażały taką szczerą prawdę, że uwierzył.

— Ale teraz daj nam pomoc! Poprowadzę stronami, znam wszystkie przesmyki. Znam miejsca gdzie obozują. Uderzymy na nich w nocy, kiedy powyprzęgają konie. Ty runiesz pierwszy ze swoimi, bo konie nam nie uwierzą, mają do nas jakieś dawne uprzedzenia. Na księżyc przysięgniemy ci wierność i posłuszeństwo, tylko ratuj.

Zaszyli się w gąszcze, żeby mu zostawić czas do namysłu.

Wprawdzie nie zawierzył im we wszystkiem, ale postanowił ratować puszczę, żeby przy tej sposobności nasycić głodną zemstę.

— I niech się moi zaprawią uderzać na człowieka bez strachu — rozważał.

Zwoławszy z okolicy kilkadziesiąt co najdzielniejszych psów, wyruszył z niemi o samem południu. Kulas poprowadził wyprawę tylko sobie znanemi przesmykami na przełaj borów, reszta wilków biegła na flankach. Zagłębiwszy się w bory, przepadli w nich ze szczętem, gdyż biegli w najgłębszem milczeniu, tylko lecące za niemi nad lasami jastrzębie i kruki zdradzały ślady ich przejścia. Odpoczywali niekiedy, krzepiąc się tem, co im znosiły wilki i lisy. Dopiero o późnym zmierzchu wynurzyli się na kraj skalistej polany, dobrze pamiętnej Rexowi, i zapadli w gąszczach.

Polana rozżarzona blaskami ognisk i nakryta dymami, wrzała

głosami ludzi i zwierząt. Drażniące zapachy mięsiw roznosiły wieczorne powiewy. Konie chrupały owies z płóciennych torb, a psy pospuszczane ze smyczy kręciły się pomiędzy wozami, naszczekując wesoło i gryząc łaskawie rzucane im gnaty. Myśliwi rozwalali się przy ognisku. Ogromne udźce jelenie piekły się, uwieszone do skrzyżowanych drągów. Brzęczały szkła i wyrywały się hulaszcze piosenki. Wszyscy, pomimo przemęczenia obławą, zdali się dyszeć dziką radością łowów.

Rex, spenetrowawszy obozowisko, rzucił hasło dobrze już znane polnemu ludowi. Psy zaskomlały radośnie i przymilkły, a konie, pozrzucawszy ze łbów torby z obrokiem, grzebały niecierpliwie kopytami. Cała puszcza zapadła w głuchą ciszę.

Chwila walki zbliżała się zwolna i nieubłaganie.

A kiedy ludzie, obżarłszy się i opiwszy, przylgnęli spać pod kożuchami, kiedy ogniska nie podsycane zaczynały przygasać i dymić, padł krótki rozkaz Rexa.

— Tratować i rozpędzać! Naprzód! Za puszczę, za legowiska! za wolność!

Wilki zaśpiewały swoją pieśń bojową, tak straszną i wyzywającą, że rozjuszone tem stado runęło na obozowisko. Podniósł się niesłychany wrzask rżeń i szczekań. Konie z dzikim skowytem biły kopytami w ludzi i ogniska, aż głownie rozlatywały się na wszystkie strony. Psy, prześcigając się w męstwie z wilkami, osaczywszy nagankę i strzelców, rzuciły się na nich ze wściekłem wyciem. Pogasły zadeptane ogniska.

W ciemnościach i grozie niespodziewanego napadu, ludzie wyrwani z pierwszego snu, biegali nieprzytomni, a nie pojmując co się dokoła dzieje, uciekali w bory lub krzycząc w niebogłosy i opędzając się przed napastnikami, szukali ratunku na drzewach i skałach. W straszliwym zamęcie tylko zrzadka huknął strzał, gdyż strzelcy, rozproszeni gwałtownym napadem i zdziesiątkowani, nie mogli trafić do swoich strzelb. A walka toczyła się coraz dzikssza i coraz okrutniejsza. Krzyki rozpaczy rozdzierały powietrze. Jęki rozszarpywanych żywcem konały w ogłuszającym zgiełku szczekań, wycia, skowytów i rżeń. Dopiero po jakimś czasie, ludzie, ochłonąwszy z przerażenia, zaczęli stawiać jaki taki opór. Tu i owdzie walczono w pojedynkę z całemi stadami, broniąc się jeno gołemi pięściami. Wilki atakowały z furją, rozdzierając ludzi na szmaty i włócząc ich po bojowisku. Jakiś strzelec w podartej liberji, z twarzą poszarpaną i cały w okropnych ranach, bronił się głownią przeciwko całemu stadu wilków. Inny znów krzyczał przeraźliwie z pod kopyt trafiających go koni. A jakiś skoczył na wierzchowego ogiera, który go ponosił oszalały, rozbijając o drzewa i skały. Jakiś olbrzymi chłop, pochwyciwszy wilka za zadnie kulasy, grzmocił nim napadających. Wreszcie z buków i ze skał odezwały się gęstsze salwy, w blaskach wystrzałów dawały się widzieć rojowiska psów, wilków i ludzi zczepionych ze sobą i tarzających się po ziemi. Rozszalałe konie tratowały zarówno wszystkich.

Rex z Kulasem przy boku, kierował wszystkiem, sam prowadził do ataków, ostrzegał przed niebezpieczeństwem, szczuł wymykających się z pogromu, to obiegając walczących grzmiał w ciemnościach groźnym, lwim głosem, zagrzewającym do boju.

Ale Kulas, nie mogąc pohamować swojej okrutnej natury, rzucał się niekiedy w odmęty najzajadlejszych walk i nasyciwszy wiecznie głodne żądze mordów, powracał ubroczony krwią i często z kawałem mięsa w zębach.

— Połóż! Przecież nie będziesz żarł człowieka! — gromił go Rex z jakąś niewysłowioną grozą.

I coś, jakby żal zatargało jego sercem. Wprawdzie z chłodną i czujną rozwagą prawdziwego wodza pilnował dalszego przebiegu bitwy, lecz pod wpływem nagłej odrazy do wilków zaczął swoich hamować i bardzo oszczędzać.

— Chcesz zwyciężyć naszemi gnatami, — zawarczał Kulas srodze tem zaniepokojony.

— Walczycie o swoją wolność i istnienie, a my tylko dla honoru! Pamiętaj, że pomagamy wam. A jeśli ci się nie podoba, swoich odwołam — groził, wyszczerzając kły.

Kulas, zbiesiony zapachami krwi, jękami rozszarpywanych, znowu rzucił się w bój.

Rex zaś, przystając tu i owdzie na stronie, wsłuchiwał się w bitewne wrzaski z coraz większem rozdrażnieniem. Bolały go już te rozpaczą przejęte głosy ludzi, budząc w nim jakieś boleśnie męczące wyrzuty. Napróżno uciekał przed niemi, goniły za nim, nie milknąc ani na chwilę. W jakiemś miejscu, napotkał człowieka czołgającego się do strumienia, — był jeno resztką mięsa, szmat i pogruchotanych kości, ociekających krwią i przeokropnie jęczących. Rexowi wspomniał się jego dawny pan, którego kiedyś na polowaniu poraniły dziki, — tak samo odszukał go wlokącym się na czworakach do wody. Więc pod wpływem dziwnej tkliwości, przypadłszy do rannego, zaczął go lizać po twarzy i wyć. Jakieś przebiegające wilki chciały dogryźć konającego, ale Rex odpędził je z wściekłością. Już nie mógł więcej słuchać ludzkich rozpaczań. Teraz, kiedy patrzał na pokonanych i wijących się bezsilnie w pazurach wilczych jak zające, zaskomlał żałośnie nad ich pohańbieniem. Zapomniał o zemście i nienawiści.

Zadrgało w nim na nowo odwieczne przywiązanie do człowieka, niewolniczy strach przed jego wszechmocą i ta dziwna solidarność z jego dolą. Czuł chwilami najgłębiej, że są mu najbliżsi, że po ich stronie powinien walczyć i wraz z nimi ginąć. Wraz też rozrastała się w nim nienawiść do wilków i do ich ohydnego okrucieństwa.

Walka już przechodziła w bezładną, straszliwą jatkę; krzyk rozszarpywanych żywcem wzmagał się z chwili na chwilę. Obłąkane szałem mordów stada pastwiły się nad ludźmi, padającymi z ran i wyczerpania. Wycia triumfów rozlegały się na pobojowisku wraz z chrzęstem łamanych kości i rzężeniem konających.

Tylko jakichś paru śmiałków cudem wyrwawszy się z kłów, dopadło wozów i pochwyciwszy za topory, oszczepy i widły, bronili się jak lwy, otoczone zgrają wilków, skaczących na nich ze wszystkich stron. Tenniespodziany opór i migotania żelaz, bijących bez wytchnienia, jeszcze bardziej rozwścieklał napastników. A przytem i z drzew zatrzaskały kule, bijące już coraz częściej i celniej.

Rex, skorzystawszy z tego momentu, zawył na przerwanie walki. Zastąpił mu drogę Kulas i skacząc do gardła, zaszczekał z furją.

— Zdrajco! Odstępujesz nas! Ale my będziemy się żarli do ostatniego ludzkiego gnata.

— Jeśli ci szkoda trupów, to je pożeraj! Mamy ważniejsze sprawy niźli duszenie zdychających. Zrozum, głupi barani łbie, że mają się czem bronić! Zobacz, ile już naszatkowali waszego ścierwa! Słyszysz, jak grzmią!? Sporo też uciekło w lasy, mogą sprowadzić pomoc. I cóż wam przyjdzie z tych niedobitków? Ostatni czas się wycofać.

— Kły i pazury naprzód! Morduj, szarp, rozdzieraj! Morduj! —

zawył rozszalały Kulas i nie zważając na przestrogi, rzucił się wraz z drugimi na wozy.

— Jeszcze dzisiaj obłupią cię ze skóry, bydlaku — zawarczał z politowaniem Rex, nawołując swoich do zaprzestania bojów i odwrotu. Lecz sporo upłynęło czasu zanim go usłyszano, zanim się psy wycofały z walki, a zwłaszcza zanim spędzono rozpierzchłe konie. Tymczasem jakiś niesamowity brzask jął rozświtywać w głębiach borów.

Jakby wschodziło słońce, jeno to było dziwnem, że zdawało się wschodzić naraz we wszystkich czterech stronach świata, bo krwawe zorze rozsączały się dokoła i wybuchając z ziemi, sięgały aż wierzchołków drzewpłomienistemi jeziorami. Niebo przytem było czarne, bez gwiazd, schmurzone, drzewa stały bez ruchu, a jakiś rozdrgany, głuchy szum huczał coraz potężniej.

Rex, zwietrzywszy gryzący zapach dymów, zmartwiał z przerażenia.

— Za mną! Ze wszystkich sił! Za mną! — zawył naraz i opanowany śmiertelną trwogą, rzucił się instynktownie w najciemniejszą jeszcze stronę, a za nim ruszyły psy, tylko konie ujrzawszy ogień, powróciły na polanę z kwikiem, tratując wszystkich i wszystko.

Brzask rozszerzał się, wynosił i zbliżał się z szaloną szybkością, już widać było walczących — jakby w krwawej mgle, już najbliższe drzewa pokazywały się czarne i wynioślejsze, a już tu i owdzie wychylały się zróżowione czuby skał.

Naraz zakrzyczały ptaki, zerwał się wicher i ogień skoczył jakby borom do gardła, tysiące błyskawic zamigotało po czarnych, olbrzymich pniach i przeskakując z gałęzi na gałąź, z drzewa na drzewo, wybuchały w górę, żrąc krwawemi kłami ciemności. Ognista obręcz otoczyła polanę rozwichrzonemi grzywami. Stała się paląca jasność! Bór zapłonął nieprzeliczonemi pochodniami. Buchnęło morze płomieni, dymów i trzasków. Łuny zardzawiły niebo. Triumfalna pieśń ognia zahuczała w przestrzeniach. Zaczęły się z jękiem walić przepalone olbrzymy, tryskając krwawemi fontannami, a wśród tego orkanu zaledwie się dawały słyszeć rozpaczliwe skomlenia ginących zwierząt i ludzi.

IV.

Noc była późna, ciepła i rozgwiażdżona; od wsi dalekich dochodziły piania kogutów. Spokój leżał w przestrzeniach i cichością dyszały pola i lasy. Mgliste zasłony rozwlekały się nad ziemiami nieprzejrzanem, białawem i zastygłem morzem. Ni jeden ptak nie zaśpiewał, ni dał się słyszeć szelest przemykających na łowy drapieżników. Nawet bory pogrążyły się w niezmąconem milczeniu. Cały świat zapadł w głęboki, ukojony sen. Nie przerwała go nawet spadająca rosa.

Tylko w ruinach pod lasem czuwano.

Na olbrzymim złomie murów siedział Rex, a przy nim drzemał Niemowa, odpowiadając niekiedy krótkiem bełkotaniem.

Rozumieli się doskonale.

— Ostatnia noc! — warknął Rex, wytężając ślepia jakby w nadchodzące jutro.

— Kruczek już mi o tem szczekał. Byłem taki chory i małom zważał...

— Pójdziesz z nami — zdecydował stanowczo. — Możesz się nam przydać.

— Do ludzi należeć! Hale, nie głupim. Naprawdę idziecie? — Nie mógł jeszcze uwierzyć.

Rex trwał w zadumie o tem niedalekiem jutrze. Drżał w sobie z radosnych obaw i z cichego szczęścia. Nie mógł sobie tylko wyobrazić, jak to będzie? Wybiegał myślami naprzód i błąkał się strwożony wśród jakichś pustek nieprzebytych i widm niepojętych. Nosił się już szlakami tęsknoty rozpierającej mu serce.

— Wyruszymy! Pójdziemy na wschód, do słońca, na wolność! — wybuchał i spiąwszy się, długo wietrzył na wszystkie strony. — Wilki są gdzieś niedaleko.

— Myślałem, że się popaliły.

— Kulas mądrala, wyprowadził co ich zostało rzeką. Dużo zginęło, a reszta choć z popalonemi kudłami przeszła ogień. Ludzie wyginęli do cna.

— Nieprawda! Sam widziałem paru ocalonych, byli we dworze, rozpowiadali wszystko, aż płakano nad nimi. Zganiają całą winę na wilków. Mówili, jako zbiorą wojsko i pójdą taką obławą, że wilków nie zostawią nawet na nasienie. I we dworze zawzięli się na nich, bo paru dworskich z włodarzem nie wróciło z obławy.

— Nie bój się o nasze skóry — zaskomlał Kulas, rozciągając się przy nich. — My prędzej ich wydusimy co do nogi. Niech z nami nie zadzierają.

— Zaszczekaj im o tem! — zabełkotał wyzywająco Niemowa.

— Zbrzydło nam ich ścierwo śmierdzące — szczeknął, wzgardliwie trącając go nosem. — Szczenię ludzkie tutaj? — wyszczerzył na nie kły.

— Na naszych prawach. Nie spadnie mu włos z głowy — ostrzegał Rex.

— Niech mnie tylko zaczepi! — pogroził Niemowa, błyskając długim nożem.

Kulas wytrącił mu broń z ręki, a przycisnąwszy ją łapą, zawarczał szyderczo.

— Kąsaj mnie teraz, szczeniaku!

Niemowa, błyskawicznie chwyciwszy go za ozor aż przy nasadzie, zabełkotał:

— Gryź mnie, osmalona skóro! A chcesz, to ci jeszcze skrzeszę ognia!

Rex wnet załagodził nieporozumienie, że leżeli obok siebie, jakby nic nie zaszło.

— Nie mamy już ojczyzny — jęczał wilk, z trudem obracając ozorem. — Nieszczęśliwi wygnańcy! Przyjmiemy wasze prawo i będziemy wam służyli wiernie. Pójdziemy gdzie rozkażesz.

— W drodze mogliby stróżować przy rogatych — zauważył chłopak mimowoli.

— I policzone wilk bierze! — warknął Rex.

— Przecież i wy nie żywicie się trawą — postawił Kulas jasno sprawę.

— Mięsa starczy dla wszystkich! Mało to padnie w drodze! — rozstrzygnął bystro Niemowa.

Wilk polizawszy z ukontentowania Niemowę, zaszył się w gąszczach, by się przespać.

Noc szła niepowstrzymanie, gwiazdy już zaczynały blednąć, niebo mroczało.

— A gdyby cię tak dziedziczka powróciła do dawnej łaski?

Pytanie było tak oszałamiające i padło tak niespodzianie, że Rex zadygotał i dopiero po długiej chwili odwarknął zduszonym głosem:

— Zapóźno! Czy wspominali o mnie? Nie, skończyłem z ludźmi na zawsze. Niepodobna wskrzesić umarłe. Nawet pamięć dawnego życia przekląłem. Jużbym nie potrafił żyć w niewoli, zabiegać o ludzkie łaski, i spokojnie znosić krzywdy, głody i poniewierkę. Wszystek naród pól i chat czeka na mnie — wszystka krzywda żąda, abym się pomścił, wszystka niedola, bym ją przemienił na szczęście. Wodzem im jestem. Zawierzyli mi siebie i przyszłość swoich pokoleń. I wyprowadzę ich z domu niewoli, wyprowadzę. Zapóźno — jęknął, i przypadłszy łbem do ziemi, zaniósł się jakimś rozełkanym skowytem. — Człowiek jest zły, podstępny i przeniewierny! Nie może żyć, żeby nie kłamać, nie zabijać i nie panować nad drugiemi. Niechaj spróbują żyć sami, bo my się bez nich obejdziemy. Drogę mamy daleką, lecz na końcu czeka nas wolność!   .

— Jeśli po drodze nie pozdychacie z głodu — zabełkotał z pogardą.

— A mało to pól i stogów, i dzikiej zwierzyny! Stół zastawiony obficie.

— Prawda — poskrobał się po kudłach. — Ale jak ścisną mrozy, spadną śniegi, deszcze?...

— Tam zawsze zielono i zawsze grzeje słońce. Żórawie znają te krainy szczęśliwości. Opowiedziały mi wszystko i obiecały wskazywać drogę. Mają nas dogonić.

— Kiedy tam takie raje, to po cóż do nas przylatują?

— I wiatry lecą niewiadomo dokąd. Mówili o mnie we dworze?

— Jak się rozniosło, że rozdarłeś niedźwiedzia, to sama dziedziczka zwymyślała gospodynię, że cię morzyła głodem i przymusiła do ucieczki. Bardzo cię żałowała.

Załkał cichutko i oddał się jakimś dumaniom.

Niemowa, wsunąwszy się do sklepionej izby, krzesał ogień, i rozpaliwszy wielkie ognisko, napiekł kartofli przyniesionych ze sobą. Podzielił się z psami, za co mu któryś przyniósł tłustą gęś odebraną lisom. Ucieszył się bardzo.

— Będzie wyżerka! — mruczał, i wypatroszywszy ją, oblepił gliną i przysypawszy grubo żarem, piekł dotąd aż glina się wypaliła, wtedy wyjął z niej wspaniale zrumienioną pachnącą gęś.

Wszystkie pióra pozostały w glinie.

— Ktoby choć raz w niedzielę dostał taką sztukę, nie goniłby po świecie za szczęściem! — wyznał się Kruczek, łakomie ogryzając swoją część.

— Tak, Kruczkom toby wystarczyło — warknął Rex, i odwróciwszy nos od drażniących zapachów, znowu zagłębił się w dumania.

Niemowa zasnął przy nim. Jeno Rexa słowa o dworze wzburzyły boleśniej, niźli sam przed sobą się przyznawał. Połknął je, niby kolczatą przynętę, że wyrwać jej nie mógł, choć szarpała mu wnętrzności. Ta przeszłość niedawna i tak już daleka, że zaledwie mógł wskrzesić w sobie jej kontury, wyrywała mu z piersi ciche skowyty tęsknoty. I nie chciał zapomnieć krzywd wycierpianych, przeciwnie, przypominał je, niżąc usilnie w długie, krwawe litanje skarg i żalów, a równocześnie wzbierała w nim jakaś bojaźliwa cześć dla człowieka. W tych chwilach wspominań wyrastali przed nim do nieograniczonej potęgi. Im więcej się od nich oddalał, tem stawali się zgoła już nie do pojęcia, jak słońce, jak góry, jak zimno i jak niebo.

— Czemże my przy nich? Czem? Stadem popędzanem niezaspokojonym nigdy głodem, niezliczoną kolonją mrówek, snującą się pod ich miażdżącemi stopami.

Zadygotał przed przepaścią nagle rozwartą i zionącą mroźnym tchem śmierci.

— Nikt jej z nas nie przekroczy! Nikt! Smutek śmiertelnie pokrzywdzonego, smutek żaby podnoszącej oczy na przelatującego orła ścisnął mu serce lodem rozpaczy.

I długo szukał przyczyn tej okrutnej nierówności. Protestował przeciwko niej, jakby głosem wszelkiego pokrzywdzonego stworzenia, głosem wszystkiego świata. Aż wkońcu zdało mu się, że znalazł jedyny sposób zasypania tych przepaści.

— Już wiem, wiem! — wbijał w siebie odkrytą prawdę. — Nie trapi ich codzienna troska o istnienie, bo na nich pracuje tysiące tysięcy naszych pokoleń, pracują wody, powietrze, słońce, ziemia i cały świat. To jest kamień węgielny ich potęgi. Odebrać im niewolników, a skończy się ich wielkość. Zostaną bardziej nędzni i bezbronni, niźli my. Wtedy zapanuje doskonała równość! — warczał triumfalnie.

— Dopóki człowiekowi nie odbierzesz rozumu — nic mu nie odbierzesz, bo zawsze sobie poradzi! — zabełkotał wyniośle Niemowa i znowu zasnął.

Rozwiały się naraz tęcze i gmachy wydźwigane takim trudem runęły w proch, że Rex poczuł się znowu nędznem, wiecznie krzywdzonem stworzeniem, napróżno szarpiącem się w łańcuchach człowieczej przemocy.

— Uciekać jaknajprędzej i jaknajdalej! — zaskomlał przez szczękające z bólu kły, i zatopiwszy ślepia w otchłaniach nieba i w drganiach nieprzeliczonych gwiazd, tak zapomniał o wszystkiem, że nie poczuł nawet wilka, który się obok niego rozwalił.

Czekali w milczeniu nadchodzącego dnia.

I o pierwszem świtaniu, kiedy na wschodniej stronie zaczęły się mącić ciemności, i przecierać, i nieco blednąć, Kulas pociągnąwszy powietrza, szczeknął cicho:

— Ruszyli! Jeszcze daleko.

Wrony pojedynczo a później całemi stadami zaczęły spływać z drzew i lecieć wysokim, cichym lotem ku świtającym zorzom.

Noc niepostrzeżenie mętniała. Pola jakby się zapadały, natomiast coraz wyraźniej występowały drzewa, pokazując na blednącem niebie korony podobne zwitym kołtunom dymów. Na wschodzie przecierały się z pod ciemności zielonawe zatoki, jakby stężałych wód, zasypywanych popiołem, który się zwolna rozżarzał zimnemi brzaskami. Słońce dawało już znać o sobie.

— Owce ciągną! Czuję konie, dużo, dużo — zaskowyczał wilk, bijąc ogonem.

— Jakby wozy jechały po grudzie — przytwierdził przebudzony Niemowa.

Jakoż zaraz dały się słyszeć zgłuszone oddaleniem i przesycone rosami tętenty, a nieco poniżej, kiedy już zorze rozpaliły całą wschodnią stronę nieba, na tle brzasków zamajaczyły nisko jakby kłębiące się chmury, pogrzmiewające dalekiemi, przeciągłemi rykami.

Rex, sprężywszy się do skoku, z dygotem zniecierpliwienia wżerał się rozpalonemi ślepiami w przymglone dale, aż dojrzawszy bezkształtnie toczące się masy, przypadł do ziemi tak wyczerpany i obezsilony niewysłowionem szczęściem, że — położywszy zgorączkowany łeb na łapach, ledwie już dyszał ze wzruszenia.

Kulas kręcił się bezprzytomnie, wysyłał swoich na zwiady i raz po raz wył z radości.

— Nie śpiewaj, kobyli słowiku, bo jeszcze ich spłoszysz — zgromił go Niemowa i rozpaliwszy pod osłoną ruin ognisko, piekł w nim kartofle i jakoweś ptaszki, jakich dostarczył mu Kruczek, nieodstępny przyjaciel. Gwizdał przytem, naśladując wszystkie ptaki.

W rozkrwawiających się łunach świtania coraz wyraźniej majaczyły się czarne kłębowiska, toczące się ze wszystkich stron. Zdawało się jakoby wody ogromne wystąpiły gdzieś z brzegów i z dzikim bełkotem zalewały ziemię. I jakoby swarliwe zgiełki fal rwących przez zapory, rozbrzmiewały coraz bliżej i groźniej. Wzmagały się porykiwania i huczący chaos rżeń, beków, tętent ów potężniał z minuty na minutę. Już dojrzał tysiące rogatych łbów, jakby płynących w odmętach. Powietrze zaczynało drgać i gorące tchnienia przewiewały niby palące wichry. Zdała się nadciągać straszna burza, grzmiąca nieustannie i raz po raz bijąca piorunami. Zadygotała ziemia, zatrzęsły się drzewa i wszystkie ptaki wybuchnęły wrzaskiem przerażenia, kiedy niezliczone stada runęły na pastwiska pod lasem i rozgrzmiały jednym, przeogromnym głosem.

Wraz też wyniosło się z otchłani czerwone, promienne słońce i zaświeciło nad światem.

W przyziemnych mgłach, zalanych słoneczną pożogą, bełkotliwej zatargały się niezliczone stada, ciągnące za stadami, wśród niemilknących rżeń, ryków i naszczekiwania psów, usiłujących utrzymać jaki taki porządek. Co chwila wybuchały zgiełkliwe grzmoty głosów, i co chwila skłębione gromady niby bryzgi szalejącego morza, rozpryskiwały się na pastwiskach pod lasem. A zanim słońce wypiło przytajone w nizinach zmierzchy, już nadciągnęło tysiące tysięcy. Jak okiem sięgnąć, nie dojrzał traw, zbóż i krzaków, a jeno chwiania się rogów, łbów, grzyw i ogonów. A za szlakiem stad, wysoko, leciały z wszystkich krańców świata, nieprzebrane ciągi wszelkiego ptactwa. — Podobne były ciężkim, ołowianym chmurom, chwilami zasłaniającym słońce, to — dawały obraz czarnych, burzliwych rzek, płynących wskroś bladych jeszcze pól nieba; albo jak smugi rozwianych dymów bez początku i końca, które, zataczając kręgi, opuszczały się coraz niżej z dzikim, przeszywającym krzykiem. Jakoby posępne, gradowe obłoki z szumem głuchym opadały na ziemię i bory, aż drzewa zaczynały się miotać pod straszną nawałnicą. Rozsrożyły się najdziksze nawet ostępy i wszystek lud puszczy oszołomiony spadającym huraganem, przyczajał się w śmiertelnym jęku. Zdawało się bowiem, że poruszona ziemia zawala się z łoskotem. Tylko Rex siedział nieruchomy na złomie murów i patrzył bez zmrużenia powiek w chaosy kłębiące się dokoła. W ogniach był cały, w drżeniach uniesień, a spokojny niby skała wśród wirów i odmętów. Mioty zgorączkowanych spojrzeń biły w niego, jakby ulewa przenikających na wskroś błyskawic. Tumany wrzących oddechów i emanacje wszystkich uczuć i pragnień zwierały się w jego sercu. Brał je, czując wzbierającą w sobie moc, dumę i pewność. A ryki, tętenty, bicia skrzydeł i rozpaczliwe szamotania się borów przewalały się nad nim glorją potęgi.

Oto wszyscy się stawili, oto nawet konający przywlekli się ostatkami sił; oto co było płaczem, cierpieniem i krzywdą, zebrało się przed nim, patrzy mu w oczy z miłością, czeka jego rozkazów i bezgranicznie mu wierzy.

Opadły potargane kajdany, zwyciężony prawieczny wróg, niewolnicy przemogli swoich tyranów i oto teraz, we wszystkich sercach i we wszystkich duszach drży tylko ten jeden święty okrzyk: wolność! wolność! wolność!

Rex to czuł, pogrążając się zwolna w głębokie rozważania dziwnych kolei losu.

Co teraz pocznie człowiek? Gdzież jest jego moc i wielkość? Czemże on przy tym ogromie? Pyłem, który rozniosą na kopytach i zapomną. Zapomną, że istniał gdzieś i kiedyś. Jak zapomina się o głodzie po nasyceniu, o śniegach w upale. Zostanie sam, goły i bezbronny, niby szczenię oderwane od piersi i wyrzucone do rowu. I nie znajdzie nawet psa, któryby go polizał z litości. Pójdą na żer wronom i krukom. Na głód i bezmierną, nieskończoną pracę — marzył mściwie. — Niech sobie teraz panuje! Nie zejdziemy się już nigdy! — Dumał i nagle omroczyła go jakaś troska, coś jakby poczucie odpowiedzialności zaczynało się roić w przebudzonem sumieniu. Nawet — jakby lęk — chwiał się nikłym jeszcze cieniem nad jego duszą rozpromienioną szczęściem. Powlókł oczami po tych niezmiernych masach, porzucających na jego wolę odwieczne barłogi, ciężkie wprawdzie, ale zapewnione bytowanie! Czy ten tłum nieprzeliczonych wyzwoleńców da sobie radę na wolności? Huragan rwie dęby z korzeniami i rozmiata po świecie, ale czy potrafi je zasadzić, żeby dalej rosły i zieleniały? — Snuło mu się po mózgu. W takim momencie przysunął się bliżej Kulas i korząc się, cicho zaskomlał:

— Panie, mnie, którym się rzucał na ludzi, trzęsą się kulasy!

Rex spojrzał zdumiony w jego ślepie rozmigotane obłędnym strachem.

— Za wiele tego żywego mięsa! Niechaj ich poniesie byle trwoga, a roztratują nas niby glisty — łkał przerażony. — Już mi od ich wrzasków pękają żebra. A od tych smrodów zupełnie straciłem węch. Śmierdziele, zagnoją cały świat. Takiemu bydłu nawet wstyd panować. Niezwyciężony, weź władzę nad moim rodem, przysięgniemy ci wierność i posłuszeństwo. Moje córki nahodują ci szczeniaków. Porzuć to bydło i pójdziemy szukać nowej ojczyzny. Cóż cię z niemi łączy? Ciebie, któryś zamordował niedźwiedzia. Ciebie, któryś nabrał mądrości człowieczej! Czyż swój wielki ród wywodzisz od ryjów i kopyt? Czy będziesz wraz z niemi pożerał trawę i łykał deszczówkę po kałużach? Ty, pierwsze kły puszczy, pragniesz żyć w stadzie zbuntowanych niewolników, ze ścierwem dla wszystkich? Zaprawdę, zapłaczą twoi przodkowie, którzy w pojedynkę chodzili na jelenie i dziki — nad hańbą swojego potomka. Jeszcze pora się cofnąć. Znam wszystkie przesmyki, przemkniemy się bokami, zostawimy stada ich losom, a sami — w cały świat, gdzie nogi poniosą, gdzie zdobycz zapachnie, gdzie nas wola poprowadzi. Znajdziemy nowe, jeszcze większe bory, gdzie żeru będzie po kły, a o człowieku jeszcze nie słyszano. Czegóż ci, panie, więcej trzeba?

— Szczęścia wszystkich. Nie pojmiesz tego, nienasyty chłeptaczu krwi — warknął wyniośle.

— Pojmuję, że jesteśmy zgubieni — jęknął rozpaczliwie. — Ciężko nam, panie, ale musimy pójść swoją drogą, drogą naszych praojców! Nie możemy służyć szaleństwu...

— Idź! — warknął gniewnie. — Opuść mnie i pamiętaj, że puszcza cię nie obroni przed moją zemstą. Przystałeś do mnie dobrowolnie, a teraz uciekasz ze strachu! Przeniewierco, choćbyś się skrył w lisich jamach, moi cię wytropią, a wrony wywloką za

kudły! Wybieraj! Będziesz mi potrzebny! — zagrzmiał
rozkazująco.

— Łaski! Będziemy ci posłuszni — zawył, liżąc go pokornie po
łapach.

— Będziesz stróżował na tyłach i popędzał wyciem opieszałych.

— Twoja wola, panie. — Ale nasze, co padnie po drodze? —
oblizał się długim jęzorem.

— Dla ciebie życie jest tylko nażarciem się, troską o pełny kałdun.

— A czemże jest dla ciebie? Czem dla tych bydląt? Czem nawet dla
człowieka?

Rex, nie znalazłszy odpowiedzi, machinalnie zeskoczył w ruiny, do
Niemowy, na pieczone kartofle i resztki pozostałych kości.

Chłopak, nakarmiwszy go, zabierał się do odejścia.

— Gdzie się to wybierasz?

— Do domu. Ty wędrujesz ze swoimi we świat, to i ja powrócę do
swoich — mruknął wyzywająco.

— Przydasz mi się bardzo. Zostań, umiesz robić ogień i masz nóż.
Zostań — prosił serdecznie.

— Ja człowiek i nic mi do was. Zachciało się wam we świat, to
zadzierajcie ogony i lećcie. Tobie się chce włodarzowania bydłu, to
włodarzuj. Powiadam jeno, że niedługo będzie twojego
panowania. Prędko się ludziom sprzykrzy ta wasza swawola.
Obacz jak to stratowali pola. Ino patrzeć jak się zlecą z batami.
Dużo tu juchy popłynie i gnaty trzaskać będą. Głupi — kto myśli, że
ludzie mogą zostać bez inwentarza. Mądrzejszy byłeś we dworze.
Zbuntowały się bydlaki i myślą, że cały świat przewrócą do góry
nogami. Zeżreć to każdy potrafi, — spojrzał znowu na wypasione
zboża, — jeno nie każdy potrafi zasiać!

Podniósł się zagniewany i ruszył do wyjścia z ruin.

— Stój, bo każę cię wilkom rozerwać i twoje ścierwo zanieść do
dworu!

Niemowa struchlał, dojrzawszy w jego ślepiach straszny gniew.

— Puść mnie. A bom ci to był kiedy przeciwny, — rozpłakał się z
przerażenia.

— Rzekłem. Kiedyś, jak dojdziemy na miejsce to cię wypuszczę, —
obiecywał łaskawie.

— Zdechnę przy was z głodu. Trawy z bydłem nie będę żarł! —
bełkotał wzgardliwie.

— Nie zbraknie ci niczego. Psy będą miały o tobie staranie, jeszcze się wypasiesz.

— Juści, będę jadł surowe mięso i popijał świeżą juchę! Przecież nie zajdę tak daleko.

— Pojedziesz na dworskim ogierze! A teraz precz mi z oczów! — posłyszał surowy nakaz i nie śmiejąc się odezwać, wyszukał sobie pod murami ocienione miejsce i próbował zasnąć. Groza położenia nie dawała mu nawet zmrużyć oczów. Popłakując rzewnie a szorując nos rękawem, jął zbierać myśli a snuć przebiegłe sposoby wydostania się na wolność. Głównie na rozumieniu mowy wszystkich stworzeń zakładając pewność udania się ucieczki, — wyjrzał na pola, żeby przepatrzyć najpewniejszą drogę i skamieniał na widok stad pokrywających ziemię i wciąż jeszcze przybywających.

Słońce dochodziło południa, wiatru nie było, cienie się pokurczyły i blade, rozpalone niebo tchnęło takim piekącym żarem, że stada wyjadłszy resztki stratowanych zbóż i traw, pokładły się na odpoczynek.

— Kiedy wyruszamy? — zwrócił się nagle do Rexa, siedzącego na dawnem miejscu.

— Jak upał przejdzie, przed wieczorem, kiedy zabiją dzwony po kościołach.

Niemowa cofnął się na kraj boru pod olbrzymie dęby z obwisłemi nisko konarami.

— Przeczekam na drzewie — pomyślał chytrze. — Nie znajdą mnie! Mogą mnie tam na pożegnanie pocałować gdzieś! Niech mnie ściągną wilki albo psy! — podrwiwał, wybierając oczami najwyższe drzewo i naraz przysiadł ze strachu. Na gałęziach bowiem drzemały olbrzymie orły, jastrzębie, kobuzy i chmary przeróżnego ptactwa. I gdzie powiódł oczami wszędzie było toż samo. A na ziemi i w cieniach drzew leżały porozciągane wilki, psy i lisy. Spało wszystko snem czatującym, w jakim się czuje i wie, co się dokoła dzieje — w gotowości do napadu i do ucieczki.

Chłopak, uspokoiwszy się, zaczął przedrzeźniać głosy różnych ptaków. Odezwały się gdzieś z niedalekich błot dzikie gąsiory, odkrakały mu ostrożnie wrony, nawet złudzony jastrząb zakwilił porozumiewawczo, ale puhacz, poznawszy się na podstępie i zły, że mu przerwano drzemkę, zahuczał groźnie z jakiejś dziupli.

— Kulas, uprzątnij to ludzkie ścierwo! Może zwieść całą puszczę.

Wilk podsunął się niedosłyszalnie, lecz chłopak, poczuwszy na karku jego gorący oddech, odwrócił się gwałtownie i skrzesał mu ognia przed ślepiami.

— Bliżej, kumie kuternogo! Bliżej! Umaluję ci pysk ogniem to się bardziej podobasz swojej suce! — szydził i zapaliwszy suchych liści, rzucił niemi na wilka.

— Djabelski pomiot! — zakrztusił się Kulas, odskakując przed ogniem i dymem.

— I was wykurzę stamtąd, jak pszczoły! — pogroził ptakom, nakładając na ogień mokrej świerczyny, że duszący, ostry dym ogarniał dęby i czarną grzywą podnosił się do góry. Wystraszone ptaki pouciekały na dalsze drzewa, zaś puhacz, szamocąc się w dziupli, zahuczał żałośnie:

— Przeklęte ludzkie szczenię! Duszę się!

— A będziesz mnie szczuł wilkami, ty ślepy dziadygo! — urągał złośliwie i osłonięty dymem, wdrapał się na wierzchołek, usadawiając się pomiędzy gałęziami jak najwygodniej.

— Na ogierzebym sobie paradował jak dziedzic, — uśmiechał się słodko i zadrzemał.

V.

Czas przesypywał się ognistym pyłem słońca! Wszystka ziemia stanęła w południowej pożodze. Upał zapierał oddechy i skóry oblewał potem. Palące tchnienia wypijały ostatnie krople wilgoci! Spieczona ziemia dyszała pragnieniem! Ani jeden listek się nie poruszał. Ani jeden głos nie rozbrzmiewał. Niebo wisiało zasnute przepalonem, złotawem bielmem. Błękitnawe, ledwie dojrzane płomienie wrzały nad polami. Powietrze było już tylko suchym, pożerającym ogniem. Zapiekłe milczenie przygniatało niewydźwignionym ciężarem. Wszystko zdawało się roztapiać, rozpływać i drżąco falować w nieskończonościach. Ogniste migoty wyżerały wszystkie barwy. Wszelaka moc rozpryskiwała się, jakby pod ciosami młotów. I dusze omdlewały w bezwładzie. Więdły serca, niby liście drgające ostatkami sił. Tylko słońce u zenitu swojej potęgi, spowite wichrem własnych żarów, pędziło nieubłaganie drogą swoich przeznaczeń.

Rex, jakby stężały w płomienistych lawach, siedział wysoko, na szczycie walącej się baszty, dumnie wynoszącej się nad borami. Orły tam spoczywały w swoich podniebnych lotach i gnieździły się sowy.

Pół świata mieniło się przed jego ślepiami. Nieprzejrzany, obszar ziem, jakby zahaftowanych całym przepychem płodnego lata, podnosił się stopniowo na wschód aż po ubielone krawędzie gór śnieżnych: dziergały go liczne rzeki błyszczące szkliwami litego srebra; nieskończone wężownice drzew nad szaremi drogami, zielone rozlewy lasów, długie jeziora w kształt liści palmowych wygięte i po brzegach szlakami żółtych piasków przystrojone, złotawe pola zbóż, nasadzone stertami; białe wsie przebłyskujące szybami z pośród sadów; cmentarze modlące się wyciągniętemi do nieba ramionami krzyżów; dwory porozpierane po wielkich parkach; kościoły strzelające wysmukłemi wieżami z wieńców i zieleni, porozrzucane bezładnie, łyse kamieniste wzgórza; miasteczka podobne do rozwalonych kretowisk; a czasem, niby strażujące żórawie, fabryki z powyciąganemi w górę czerwonemi kominami. Pod niebem wysokiem i spłowiałem, w rozdrganem powietrzu południowych godzin, cały ten widny świat potrząśnięty złotawym brzaskiem jawił się oczom, jakby martwy; bez ruchu, bez dźwięku i prawie bez barw, niby wypełzły i zakurzony gobelin.

Słońce już zawisło pomiędzy południem a zachodem, kiedy zabiły nieszporne dzwony. I zwolna rozległy się spiże uroczystym, niebosiężnym hymnem, jakby wyrwane ze serc i tęsknot wszelkiego stworzenia. Śpiewały wyniośle, górnie i modlitwą uwielbienia sięgały coraz wyżej, ponad słońca i nieba, aż gdzieś pod stopy Przedwiecznego!

A równocześnie jakby do wtóru, z pól i lasów, z nizin, jakby z głębin ziemi, wybuchnął straszliwy w swojej potędze ryk wszystkich zwierząt, od którego zatargały się gwałtownie drzewa, opadły ulewy oberwanych liści, a ptactwo zrywało się chmurami. I zaledwie przycichły te ryki, wilki zaczęły wyć przeciągle, łkająco i długo.

— Na wschód! Na wschód! Na wschód!

Ruszyły stada ku dalekim, siniejącym na wschodzie szczytom gór. Parły się w milczeniu i prosto przed siebie na przełaj pól uprawnych i pustek; na wskroś wiosek i miast; wskroś borów, rzek, łąk i moczarów. Zdawało się jakoby jakiś niewidzialny wulkan wyrzucił ze siebie olbrzymią rzekę wrzącej lawy, toczącej się z ponurym, niemilknącym ani na chwilę grzmotem — bo tam, gdzie przepłynęła, pozostawały tylko kamienie, szkielety drzew i goły, stratowany step. I pozostawała śmierć.

Co pewien czas, niewiadomo z jakiego powodu, z wędrujących stad wyrywała się jakby pieśń nieukojonej tęsknoty i mocy tak straszliwej, że od jej brzmień rozpadały się domy, waliły się zdruzgotane drzewa i padały przydrożne krzyże. Ziemia się trzęsła od ciężkich stąpań na wiele mil wokoło. Jakby wszystkie moce ziemi zwarły się w potęgę, jakiej świat jeszcze nie widział.

Rex na olbrzymim ogierze czarnym jak noc, jechał na przedzie, za nim siedział Niemowa, bębniąc radośnie gołemi piętami po bokach konia. Nieprzejrzanym tabunem ciągnęły za nimi klacze, źrebięta i wałachy, otoczone ogierami; ciągnęły krowy pod wodzą byków; ciągnęły posępne woły, a pod ich opieką niezliczone kierdele owiec z baranami na bokach. Na samym końcu tłoczyły się świnie ze staremi maciorami na czele.

Psy były wszędzie tam, gdzie potrzeba było porządku i posłuszeństwa.

Wilki ciągnęły na ostatku, poganiając opieszałych wyciem i kłami.

A gdzieś za wszystkiemi wlokły się stada przeróżnych maruderów, pomiędzy któremi przewijały się rude kohorty lisów, kun i łasic.

Szły niestrudzenie aż do ciemnej nocy i padły na odpoczynek, gdzie kto stał, ze znużenia i wrażeń nawet nie czując głodu, ni pragnienia.

O świtaniu wyjadły wszystko, co było na polach, w stertach, a nawet i w sąsiekach, wypiły rzeki, aż do błota i ruszyli dalej.

Posuwały się już znacznie powolniej, lecz z jednakim uporem szaleństwa, z oczami utkwionemi w dalekie szczyty gór, parły się niepokonanie coraz dalej, na wschód, na wolność.

I tak przechodziły dnie za dniami, w trudzie i w nieopisanych znojach upałów.

Napróżno biły na trwogę dzwony wszystkich kościołów; napróżno ludzie probowali powstrzymać burzę pustoszącą świat, napróżno zabiegali drogę, przekopując pola, zalewając doliny, paląc lasy i sypiąc szańce nastroszone ostrokołami — falangi toczyły się z jednakim spokojem, nie dbając o śmierć ni rany ponoszone przy przezwyciężaniu przeszkód. Wzmagała się tylko wściekłość na dawnych tyranów, budziła się pamięć krzywd i poczucie wolności, że z rykiem gniewu rzucały się naprzód, zapełniając doły własnemi trupami, zalewając ognie własną krwią i moszcząc doliny swojemi kośćmi.

I płynęły dalej, niczem niewstrzymaną, przeogromną falą. Zrozpaczeni ludzie wystąpili zbrojnie, usiłując armatami i karabinami rozbić tę straszną nawałę i powstrzymać. Zawrzał nieprzebłagany bój. Armaty grzmiały cały dzień, ryjąc w stadach długie i głębokie brózdy. Karabinowe salwy sypały się gęstym, śmiercionośnym gradem. Dymy zakryły ziemię i słońce. Jęki konających biły pod niebo. Powstało zamieszanie: dymy, nieustające błyskawice wystrzałów, huczących jak gromy, jęki rozdzierające i ryki pogubionych w zgiełku tak przerażały, że zaczęto przystawać, cofać się, kłębić i deptać jeden drugiego. Coraz gęstsze trupy zaściełały ziemię, coraz celniej strzelały armaty i kohorta jakichś olbrzymów rąbała strasznemi toporami.

Wtedy Rex na czarnym ogierze, przelatując jak wicher pobojowisko, zawył dziką pieśń śmierci lub zwycięstwa. Odpowiedział mu wstrząsający ryk zapału i nienawiści, a po chwili zwarte na mur falangi, głuche, ślepe i rozsrożone — uderzyły.

Resztki nieprzyjaciół pierzchnęły w nieładzie i popłochu, kryjąc się po drzewach, górach i zamykając w obronnych miastach. Całą ludzkość ogarnęła beznadziejna rozpacz.

Zwycięskie stada, przemęczone strachem i niepokojami bitwy, rozłożyły się na pobojowiskach, obojętne i głuche na śmiertelne chrapania i ryki konających. Jeno tu i owdzie jakieś luźne kupy byków, macior, wilków i psów rozdzierały napotkanych ludzi, pastwiąc się nad niemi z wściekłością. Całemi milami, jak okiem sięgnął wszerz i wdłuż, widniały rogate łby, ryje, grzywy i machające ogony, a pomiędzy niemi ciągnęły się również nieprzejrzane zwały i groble trupów, rannych i zdychających. Straszliwa jatka spływająca w rzeki, stawy i jeziora krwi już krzepnącej na powietrzu. Poszarpane, okrwawione łachmany szczątków walały się wdeptane w ubroczone juchą błoto. Poprzewracane i jeszcze gorące armaty leżały niby martwe rekiny, otoczone podartemi zwłokami ludzi. Zasie z tych zwałów i z dołów, z gąszczów, z rowów, z traw, i z ruin domostw zrywały się niekiedy obłąkane kadłuby zwierząt i ludzi, i wyły okropnemi głosami męki — głosami śmierci.

W Niemowie zatargało się serce, ale wstydząc się się tego, zamamrotał.

— Zawiele ścierwa, słońce przygrzeje, to się cały świat zaśmierdzi.

— Zaraz tu będą rakarze. I Rex wskazał uchem na niebo.

— Gradowe chmury, czy co? Dopiero tu zacznie prać, Jezu! — obleciał go strach.

— Posłuchaj, jak gadają te chmury! — nastawił oba uszy i przechylił głowę.

Jakoż z pod słońca, wysoko, od tej czarnej chmury, lecącej z szaloną szybkością, jął spływać bełkotliwy, poświstujący szum, jakby wichury wzmagającej się z chwili na chwilę i coraz wyraźniej stawał się przerażającym wrzaskiem ptactwa. Chmura drapieżników zakotłowała się nad stadami, zakrywając słońce rozmiotanemi skrzydłami a wirując niby liście porwane huraganem, zaczynała pękać i prześwitywać szczelinami, z których polały się rozdygotane strumienie orłów, sępów, kruków, wron i jastrzębi. Po chwili całe pobojowisko nakryło się skołtunionym, pierzastym dachem i zawrzało rozjuszonemi piskami. Nieustannie łomotały niezliczone skrzydła i niezliczone szpony i drapieżne dzioby zaczęły kuć zawzięcie, szarpać, drzeć i pożerać.

Strach obleciał stada i ponad szumy skrzydeł i złowrogie kapele krakań, jęły się wyrywać wylękłe ryki, zwłaszcza owce zabeczały nieutuloną skargą, zbijając się w trwodze w nierozplątane kupy. Groziła powszechna panika, mogąca wybuchnąć lada chwila, gdyż te nienasycone dzioby rzucały się na oślep, nie rozróżniając w tumulcie żywych od zabitych, że już niejeden grzbiet spłynął krwią i niejeden ryj bronił się przed szponami.

Wilki z niemałym wysiłkiem przepłoszyły na jakiś czas napastników, z czego korzystając Rex odprowadził wzburzone stada o parę mil dalej, w okolice jeszcze niestratowane, pełne żywności, bogatych wiosek, zielonych łąk i srebrzystych strumieni, na podnóża gór jeszcze dalekich, ale już coraz potężniej wynoszących się śnieżnemi szczytami na błękitach nieba.

— Poczekamy tutaj na żórawie, obiecały poprowadzić przez góry i dalej, na wschód.

— Lada dzień się zjawią, pora odlotu nadchodzi — mruczał Niemowa i zająwszy jakiś opuszczony dom, warzył przy ogromnym ogniu jadło dla siebie, Rexa i Kruczka, nieodstępnego przyjaciela, który rozwalał się na łóżku pod ogromną pierzyną.

— No i któż górą? — warknął Rex, wyciągając się po staremu przy ognisku. — I ludziom można dać radę! — przechwalał się, nagrzewając sobie boki.

— Każde bydlę mocniejsze od człowieka, ale was naszatkowali, że strach!

— Nie rachujemy poległych za wolność! — odwarknął dumnie.

— Nasze przeznaczenie ginąć lub zwyciężać! — zaskowyczał Kulas, zjawiający się w progu.

— Upasłeś się na tych bojach niczem wieprz, — kopnął go Niemowa w tłusty kałdun.

— Każda władza żywi się rządzonemi — zawył, oblizując ubroczoną mordę.

— Wszyscy mają prawo do szczęścia — szczeknął Kruczek, wysuwając nos z pod pierzyny. — Wszyscy są sobie równi! — i wyzywająco potoczył ślepiami.

— To ja jestem równy baranom? — zawrzał Kulas. — Niechże który tu przyjdzie i sprobuje mnie zeżreć, to ci uwierzę. Uczone osły naklepały bajek o równości, drugie osły uwierzyły, jak i o szczęściu. Dla ciebie był szczęściem gnat, wyrzucony z dworskiej kuchni, dla konia pęk koniczyny, albo pełny żłób owsa, mnie zaś nie wystarczało i stado źrebiąt, gdzież tu jest równość, skowyrku jeden! Nauczyłeś się od swoich panów szczekać byle co. Nie rozumiesz, że i oni na swojem prawie żyją, że i dla nich chodzi o jedno — o życie.

— Urodzeni muszą umierać, reszta szumy wiatru — warknął wzgardliwie Rex, zabierając się do michy mięsa i ziemniaków, jaką przed nim postawił Niemowa.

Za bardzo tu śmierdzi człowiekiem! — otrząsnął się Kulas, wynosząc się przed dom.

— Zadufany jeno w swoje kły i pazury — mruknął chłopak, pojadając z garnka.

Kruczek pokornie czekał na resztki, a kiedy wszyscy zjedli, zmorzył ich ciężki sen.

Noc zapadła, ale niedługo spali, gdyż zerwały się jakieś przerażone ryczenia i kwiki.

Rex skoczył na nogi, przed niemi całe niebo krwawiło się w łunach pożaru i spłoszone stada rozlatywały się na wszystkie strony. Palił się ogromny bór, kłęby dymów wiły się nad niemi czarnemi kołtunami. Drzewa paliły się jak pochodnie, powietrze drżało od trzasków.

Całe kierdele owiec z głupim, przeraźliwym bekiem cisnęły się do pożaru. Kwiczały konie.

— Chcą nas usmażyć na skwarki — zaopinjował Niemowa, przecierając oczy. — Ścierwy ludzkie, jak się to bronią i napastują.

Jeszcze nam nieraz gorącego sadła zaleją za skórę — zwrócił się do Rexa, lecz ten skoczył na swojego ogiera i pognał uspokajać wystraszonych.

Las palił się długo w noc i coraz gęstsze dymy przysłaniały ziemię duszącym obłokiem.

Ledwie nad ranem zeszli się w rozwalonej chałupie, gdy znowu podniósł się gwałt.

Kilkadziesiąt potężnych, burych owczarków pędziło między sobą jakąś gromadę dwunogich stworzeń, wyjących w niebogłosy obłąkanemi skowytami.

— Ludzie! Jezu miłosierny, to ludzie! — zaniósł się Niemowa, martwiejąc z przerażenia.

— W borach chroniły się od skwarów matki z jagniętami — zginęły; klacze ze źrebiętami — zginęły; krowy i maciory z małemi — zginęły. To oni zrobili ogień, który wszystkich pożarł, a do nas — broniących bili swojemi piorunami. I wielu naszych padło. Pomsty na nich żądamy. Pomsty! — zawyły ponuro owczarki.

— Czemuście jej sobie nie wzięli! — zaskowyczał zniecierpliwiony Rex.

— Nakazano nam jeno strzec i oganiać, a twoja sprawa sądzić, władco nasz i panie.

Ludzie prawie nadzy, osmaleni pożarem, ociekający krwią, napół przytomni, patrzyli poprzed siebie, nie oczekując już niczego prócz dalszych męczarni i śmierci.

— Uciekajcie na drzewa! — zabełkotał naraz Niemowa, poruszony ich widokiem.

Nie zrozumieli, obzierając się po tłumach zwierząt, cisnących się dookoła.

Kulas przyleciał spieniony, ślina mu ciekła z pyska, ślepia skrzyły się zielonemi ogniami.

— Rozpraw się z nimi po swojemu! — rozkazał Rex.

Kulas zawył bojowe hasło, owczarki cofnęły się na stronę i utworzył się pusty plac, w którego środku skupiła się ludzka gromadka. Zaszeptali coś do siebie, oczy im latały dokoła, coraz częściej czepiając się wielkich lip rosnących za domem, ale zanim się zdecydowali, zatętniała ziemia i stado zjuszonych wilków rzuciło się na nich.

Wybuchnął w niebo rozdzierający krzyk i po chwili zostały tylko zakrwawione szczątki.

— Kazałeś im uciekać na drzewa! — warknął groźnie Rex, kiedy zostali sami.

Chłopak wlepił w niego nieulękłe, błękitne oczy, wyciągając zarazem długi, ostry nóż.

— Jesteś z nami a wrogom chcesz pomagać?

— Za co kazałeś ich wilkom rozerwać? — głos mu przesiąknął rozżaleniem.

— Słyszałeś za co! Mogli się obronić! Nie patrz we mnie! — sprężył się już do skoku.

— Takiś sam wściekły bydlak, jak i Kulas! — wybuchnął chłopak i uciekł do izby pod pierzynę, gdzie go Kruczek probował uspokoić przyjacielskiem lizaniem, ale, kopnięty, wyleciał na ziemię, a Niemowa, zagrzebawszy się w barłogu, wybuchnął spazmatycznym płaczem. Płakał nad ludźmi. Obudziła się w nim dusza i człowiecze nieszczęścia zatargały sercem. A chociaż znaczył pomiędzy nimi mniej, niźli jego przyjaciel Kruczek, poczuł w swoich katach rodzonych braci. Bowiem dotychczas nie przyznawał się do żadnej z nimi wspólności. Spłodził go jakiś pijany przypadek, nikczemność podrzuciła pod dworską kuchnię a wyniańczyła nędza, poniewierka i wzgarda.

Każdy kopał i krzywdził to pokraczne, obmierzle brzydkie stworzenie: z gęby był podobny do buldoga, nogi miał koślawe, rudą sierść na głowie wzdętej niby bania, ręce do ziemi jak małpa, żabi skrzek zamiast głosu, a tylko zastanawiającej piękności oczy błękitne, promienne i mądre. Zepchnięty na samo dno, pomiędzy podwórzowe zwierzęta, zżył się i pobratał z niemi, jak z rodzonemi. Chętnie dawały mu przewodzić, uznając jego wyższość nad sobą. I dopiero w czasie tej wędrówki z niemi zaczynał się czuć obcym a nawet wrogim. Nawet na Rexa spoglądał innemi zgoła już oczami, bo z wysokości człowieczych rozważań. I zaświtała w nim myśl ucieczki.

— Zrozum, że ludzie nam przeszkadzają, — Rex wsunął łeb do izby. — Więc musimy ich tępić.

— Będziesz jeszcze skamlał o kawałek chleba proszalnych dziadów, ty psi królu.

— Czemuś nie został w domu z osłem? Byłaby w sam raz dobrana para.

— Pewnie, że kto się zadaje z plewami, tego świnie zjedzą — odpowiadał płaczliwie.

— Wejdź na drzewo i zobacz czy się nie palą lasy przed nami. Ptaki stamtąd uciekają i zalatuje swąd spalenizny. — Rozkazywał.

— A poślij wrony, niech zobaczą — upierał się, wyłażąc jednak z barłogu.

— Prędzej, ludzki pomiocie, pókim dobry! — zawrzał zniecierpliwiony.

Chłopak niby wiewiórka wdrapał się na niezmierzonej wysokości drzewo, a że oczy miał jastrzębie, na wiele mil widzące, jął krzyczeć co zobaczył.

— Pali się las, ogień posuwa się ku nam, nie przejdzie, przegradzają szerokie błota.

— Trzeba będzie obejść stronami. Co tam za lasem?

— Żółto, może piachy, a może zboża i dużo małych gór.

— Nie szczekaj o tym ogniu nikomu; stada płoszą się byle czem, a mamy drogę jeszcze daleką.

— Kiedy wyruszamy? — zesunął się z drzewa na ziemię.

— Żórawie mają nas przeprowadzić przez góry, lada chwila mogą nadlecieć.

— Za parę dni wszystko będzie już wyżarte do korzeni. Z drzewa widać jeno stratowane pola i w rzekach a stawach samo błoto. Do gór trafimy i bez żórawiów.

— Lecę zobaczyć pastwiska — i ruszył otoczony olbrzymiemi owczarkami.

A Niemowa, zagwizdawszy na Kruczka, poszedł wałęsać się po miasteczku, w jakiem kwaterowali. Białe domy stojące

w ogrodach, niektóre piętrowe, obrośnięte kwiatami, puste były,
i bez okien i drzwi, a tu i owdzie z wywalonemi ścianami, pełne
porozbijanych sprzętów i straszliwie zapaskudzone przez wilki,
psy, świnie i splondrowane do szczętu. Po sadach pozostały tylko
połamane pnie, a po warzywnikach goła, stratowana ziemia. Stada
wystraszonych gołębi błąkały się po czerwonych dachach
i wielkich przydrożnych drzewach.

Niemowa, uzbroiwszy się w znalezioną siekierę, zaczął rozbijać
zamkniętą śpiżarnię, szafy i piwnicę, i znalazł tyle przeróżnej
żywności, że starczyło dla całej sfory przywołanej przez Kruczka.
Zwłaszcza na chleby i słoninę rzucały się z chciwością.

— Zbrzydła wam już surowa habanina i gorąca jucha! —
przedrwiwał, przymierzając znalezione buty. Były to jego pierwsze
buty, więc je upieścił, wycałował i z radosnem biciem serca
wciągnął na nogi. Potem odszukał jakieś czerwone ubranie,
również w sam raz na swój wzrost i figurę, że zewlókłszy z siebie
parciane portczyny i koszulę, przyodział się i zagwizdał.

— Podobnyś do pańskiego szczeniaka — szczekał Kruczek,
obwąchując go ze wszystkich stron.

— A bom to co gorszego! — zaskrzeczał wyniośle, przeglądając się
w zwierciadle. — Czyś to ty, Bękarcie? A może to twój panicz,
Znajdo? A może który z dziedziców, Pokrako? — wypominał
zapamiętanemi przezwiskami, krygując się przed lustrem
i nie mogąc rozpoznać w tym wspaniale przybranym w czerwień
i nowe buty, samego siebie. — A może to ty sam, Niemowo? —
sprawdzał się w ruchach, wiernie powtarzanych przez
zwierciadło.

— Ha! ha! ha! Małpa! Ha, ha, ha! — zaśmiał się ktoś, jakby
z lustrzanych głębi.

Kopnął zwierciadło aż się rozprysnęło w kawałki, śmiech jednak
wciąż się zanosił. Na szafie siedział szpak, rzucił się ku niemu ze
złością, ale ptak wyfrunął oknem na wysokie drzewo i dalej perlił
się jego wyzywający, szydliwy śmiech.

— Co takie bydlę rozumie! — zagwizdał jego głosem, lecz ptak nie
dał się zwabić.

Cisnął w niego kamieniem i poszedł penetrować dalsze domy. I aż
pokrzykiwał z uciechy, znajdując w nich takie rzeczy jakie był
tylko przez okna widywał we dworze, albo we snach.

Brał wszystko oczami niewypowiedzianego szczęścia, rozwalał się po kanapach, tarzał po łóżkach i dywanach, przeglądał w lustrach, przymierzał ubrania, stroił się w damskie suknie, wylegiwał w głębokich fotelach, tłukł pięściami po klawiaturach i deptał z rozkoszą po stosach poduszek, atłasów i bielizny. Nacieszywszy się do syta, wybrał dla siebie jakiś kordelas w pochwie i z pasem, rewolwer, uzdeczkę na swojego ogiera, ciepłą derę i skarb najcenniejszy, wspaniałą szpicrutę, taką właśnie, jaką był nieraz brał po grzbiecie od panicza. Obładowany zdobyczą, powracał już na swoją kwaterę, gdy zobaczył za wybitą szybą jakiegoś sklepu konia na biegunach. Wielki był jak cielę, siwek w czerwonej uprzęży, prawdziwą końską skórą obity. Oglądał go z zamarłem sercem, bez tchu, przemieniony w podziw i niezgłębioną radość, wreszcie skoczył na niego, cmokał, poklepywał po karku, bił piętami po bokach, prał szpicrutą i kolebał się zapamiętale. Jakby oszalał — tak krzyczał, płakał i śmiał się na przemiany. Pokładał się na końskim karku i przymykał oczy: zdało mu się, że pędzi na złamanie karku, aż koniowi zagrała wątroba i wiatr zaświstał w uszach. I leci bez pamięci w cały świat a coraz prędzej, coraz ogniściej.

Zmęczywszy się wreszcie tą jazdą, zeskoczył na ziemię, konia poklepał i naraz jakby przytomniejąc, cofnął się i pomyślał zawstydzony,

— Laboga, jaki człowiek głupi. Przecież mam prawdziwego ogiera! I mszcząc się za własną głupotę, konia rozbił i wyrzucił przez okno. Powrócił niezadowolony z siebie i powlókłszy oczami po sklepie, zadrżał z jakiejś świętej trwogi, jakby się znalazł przed ołtarzem. W wielkiej szafie wyłożonej lustrzanemi szybami na półkach siedziały lalki postrojone i przeróżnej wielkości, niedźwiedzie białe i rude, konie, pajace i baranki, a poza tem pełno było szabel, fuzyjek, bębnów, trąbek i tysiące cudowności pierwszy raz przez niego widzianych. Żegnał się i przecierał oczy, nie wierząc własnemu szczęściu. Pożerał te cuda rozpalonym wzrokiem, bez tchu i z lękiem, żeby się nie rozwiały jak mgły; patrzył i łzy mu pociekły ze wzruszenia i zdumień.

— Mój Jezu kochany, takie cudeńka! — łkał zduszonym niewypowiedzianą radością głosem.

W rogu sklepu w osobnej szafce siedziała lalka wielkości

pięcioletniego dziecka, brunetka z szafirowemi oczami, matowo blada, wargi miała krwawe, włosy gładko rozdzielone nad czołem, twarz pociągła, prawie surowa i przecudna. Przystrojona była w suknię żółto-czerwoną i w zielone pantofelki. Byłby przysiągł, że żywa i przystąpiwszy do niej, coś zabełkotał. Uśmiechnęła się! War go obleciał i strach ścisnął za gardło, zrobiło mu się jakoś strasznie. Odsunął się nieco na stronę, patrzała za nim, włosy mu stanęły na głowie, nie śmiał się poruszyć, nie śmiał oddychać, dusza mu padła w proch w modlitewnej pokorze. Padł na kolana i złożywszy ręce, modlił się do niej skowytem zachwytów i ubóstwień, bełkotem niewyrażonej słowami ekstazy.

Wpadł Kruczek i dalejże szczekać i doskakiwać do niej, chcąc ją pochwycić za suknię.

— Na kogo ty szczekasz, bydlaku? — rozsrożył się, chwytając go za kark. — Na kogo? — i tak go zbił szpicrutą, że pies z żałosnym skowytem wyleciał, jak oparzony.

— To ino głupi pies! I nie ze złości szczekał, nie! — usprawiedliwiał przyjaciela i przysunąwszy się bliżej, prawie mimowoli pociągnął ją za rękę.

— Mama! Mama! — zaszczebiotał dziecinny głosik i wyciągnęła do niego ręce.

Ani wiedział kiedy i jak znalazł się na swojej kwaterze, gdzie właśnie Rex odbywał naradę z Kulasem i Owczarkami, wcisnąwszy się na barłóg, schował głowę pod pierzynę i zwolna przychodził do przytomności, otrząsając się ze śmiertelnego strachu z jakim uciekał.

O zmierzchu opowiedział Rexowi całą przygodę.

— Musi być żywa, przemówiła, wyciągała ręce, patrzała — zapewniał go uroczyście.

— Takiej samej kiedyś we dworze ugryzłem kulasa i posypały się trociny.

— Śmiej ją tknąć, a kałdun ci rozpruję — groził, błyskając mu przed ślepiami kordelasem.

— Weź ten kieł i nie skrzecz! Żórawie już lecą, krzyczały o tem orły! — obwąchał go. — Masz nową skórę. Mówię ci, nieżywa, ledwiem kły wyciągnął z niej, śmierdziała przytem.

— Co ty tam możesz wiedzieć o ludzkich sprawach — zabełkotał ze wzgardliwą wyższością i poszedł na barłóg, lecz nie zasnął, myślał o lalce i niebezpieczeństwach, jakie jej mogły grozić od psów i wilków, a zwłaszcza od Kruczka, który przez zemstę mógł ją zadusić. Zerwał się, nie wiedząc jak postąpić. Wybiegł przed dom, patrzył w księżyc, nasłuchiwał, wreszcie kiedy stada przycichły, że tylko czasami rozbrzmiewały senne porykiwania lub strażnicze ujadania psów, wydobył z pochwy kordelas i poleciał.

Noc była jasna, księżycowa i cicha. Lalka siedziała jak był ją zostawił, nieruchoma, z otwartemi szeroko oczami, zanurzona w srebrzystej poświacie księżyca. Długo się wahał, aż przemógłszy wrażenie, porwał ją na ręce i przycisnął do serca. Stała się wówczas rzecz mrożąca w żyłach krew, — objęła go rączkami za szyję, a z warg polały się jakieś ciche, czarowne dźwięki.

Przysiadł przed domem i pomimo straszliwego lęku, nie wypuścił z objęć i słuchając coraz uważniej, uspokoił się nieco. Zrozumiał jako przemawia do niego jakimś pszczelnym brzękiem.

— Nie rozumiem twojej mowy! — jęknął zrozpaczony, przyciskając zgorączkowaną twarz do jej piersi.

Znowu wytrysnęła przesłodka, upajająca melodja, zdała się być zapachem jaśminów w nagrzaną noc wiosenną; to księżycowego światła dźwiękiem albo dalekiem, echowem wołaniem duszy trzepocącej się w ciężkich okowach ciała. I rozkołysała mu serce niby dzwon zapomniany, aż zajęczało tęsknotą przebudzonych nagle marzeń.

— Matulu! — wyrwał mu się z głębi okrwawiony krzyk broczący głuchym żalem, a gorzkie i palące łzy wyżerały oczy. Zaskowyczały w nim ocknięte nagle krzywdy i ból niezbłaganemi ciosami jął wykuwać mu duszę na obraz człowieczy. Ani wiedział skąd to przyszło i za co go tak męczy. A po tem wszystkiem została mu w sercu bezgraniczna tkliwość i pragnienie przywarcia do słabych, niesienia pomocy i rozsypywania nadmiarów uczucia.

Muzyka ucichła i lalka leżała z zamkniętemi oczami, a z bladym przyśmiechem na ustach.

— Śpi sobie panienka! — rozczulił się i poniósł ją na rękach ostrożnie, niby dzieciątko.

Ułożył ją na swoim barłogu, przykrył pierzyną i z kordelasem w ręku czuwał. Czasami nasłuchując jej oddechów, niepokoił się, że leżała cicha, zimna i jakby martwa, wzbudzała w nim coraz większą trwogę i jakąś zabobonną cześć. Miał ją za żywą istotę, nie pojmując jeno, dlaczego jest taka inna, różna od tych, jakie widywał we dworze, aż nagle zrozumiał.

— Zaklęta! Musi być, co tak! — rozważał, wspominając te opowieści, jakich się był nasłuchał w dworskiej kuchni zimowemi wieczorami — o zaczarowanych księżniczkach, rycerzach i ludziach przemienionych w drzewa i zwierzęta. — Zaklęta! Żeby tylko trafić na to potrzebne słowo, powiedzieć je, a wnet ożyje — snuł gorączkowo, wyobrażając sobie, jak to ją odczaruje i zaprowadzi do króla, ojca, który mu ją potem da za żonę i będzie w złocie i srebrze chodził, będzie panem większym od swego dziedzica. I tak marząc, zasnął. Coś jeno krzyczał przez sen i zrzucił buty, gdyż go strasznie piekły, ale o świcie zerwał się na równe nogi.

— Zaklęta! Żeby tak trafić na to słowo! — kłopotał się, przyglądając się śpiącej.

Jakiś krzyk podniósł się nad stadami i grzmiał coraz rozgłośniej i potężniej.

— Żórawie! Żórawie! — wrzały głosy jakby wszystkiej ziemi.

Jakoż od strony zachodniej głośniały z minuty na minutę przeciągłe klangory, a potem zaczęły kołująco opadać coraz niżej olbrzymie żórawiane klucze. Krążyły jakiś czas nad stadami i, sterując groty swoich kolumn na wschód, wzbiły się w błękity i popłynęły, jękliwemi głosami znacząc swoje podniebne szlaki. Wszystkie stada ruszyły za niemi w jakiemś uroczystem skupieniu.

Fala na wiele mil szeroka potoczyła się z dzikim szumem wskroś pól i lasów, wskroś miast i wiosek, pozostawiając za sobą jeno stratowane pustki, ciszę i śmierć.

Kraj stawał się górzysty i suchy; wyniosłe, dalekie jeszcze szczyty grające śniegami w słońcu, przepadły — przysłonięte łańcuchami wzgórz porośniętych lasami, pełnemi głębokich dolin i wąwozów, że tylko krzyk żórawi, jakby nieustająca pieśń chmur, prowadził ich przez te labirynty prawie ciemnych puszcz i oślepiających wyżni.

Niemowa, przewiesiwszy buty na karku ogiera, usadził w jednej z cholew swoją „zaklętą księżniczkę", że zdaleka widniała jakby stojąca na koniu. Psy radośnie szczekały na widok jej uśmiechniętej twarzy, a ptaki sfruwały ze szczebiotem na jej wyciągnięte rączki. Odganiał wszystkich zazdrośnie, strzegąc jej jak własnej źrenicy. Ochraniał od skwarów i w upalne południe okrywał jej głowę zielonemi gałązkami. Nocami zaś, na odpoczynkach, kiedy nikt nie widział, na klęczkach szeptał jej coś tajemniczo do ucha, ze drżeniem wyczekując odpowiedzi.

— Żeby jeno znaleźć to słowo — męczył się ustawicznie. — Żeby ją odczarować, a zarazbym porzucił to bydło. Przecież jestem człowiekiem! — upewniał się, przeglądając niezliczone łby towarzyszów. Czuł się pomiędzy niemi coraz więcej obcym i zupełnie innym. Srożył się na nich za ten bunt przeciwko ludziom, powodów bowiem nie uznawał, a cel miał za szaleństwo.

— W jarzmie — czy na wolności, bydło zostanie bydłem — myślał surowo, ale z nieodczuwanem dotychczas współczuciem zaczął spostrzegać cierpienia jakie znosili. Droga bowiem stawała się coraz cięższa i znojniejsza. Szły dnie okropnych skwarów; słońce paliło bez miłosierdzia od wschodu do samego zachodu, nie przewiewał chłodnący wiatr, powietrze było płynnym, straszliwym ogniem, parzyła ziemia, górskie rzeczki ledwie się tu i owdzie srebrzyły chudem pasmem wody. Doliny były nalane jadowicie parzącym wrzątkiem. W lasach na spalonych mchach i trawach nie było ochłody, drzewa nie dawały cienia. Spotykali coraz mniej pól uprawnych, wioski były coraz rzadsze i coraz skąpsze pożywienie. Były dnie, w których nie starczyło dla wszystkich. Dziesiątki tysięcy waliło się na odpoczynek głodne i śmiertelnie znużone. A noce przychodziły równie znojne i nieugaszoną spiekotą przejęte, rozgwieżdżone niebo wisiało niby rajski ogród, rozkwitły srebrzystemi kwiatami, ale ziemia stawała się piekłem, nie dając ukojenia, ni snu. Wyschnięte, spragnione gardziele dyszały męką. Głód skręcał wnętrzności. Tysiące padało bez życia. Ciche jeszcze skargi, szemrania i jęki mrowiły się w ciemnościach. Ale wiara w przyszłość była mocniejsza nad nędzę życia, mocniejsza nawet nad śmierć. I skoro o świcie zawyły wilki codzienną pobudkę, a krzyki żórawiów zaśpiewały z pod obłoków, ruszali w dalszą wędrówkę, niestrudzeni, niezmordowani, ani się oglądając na tych, którzy coraz gęściej znaczyli drogę swojemi szkieletami — na tych niezliczonych, których porywał głód, wyczerpanie, choroby i jacyś srodzy nieznani nieprzyjaciele.

Toczyli się spowici w kurzawy niby w szary, ciężki obłok, kłębiący się nisko nad ziemią i jak wzbierająca burza huczący głosami porykiwań, rżeń i tętentów.

Po wielu, wielu dniach bezprzestannego wędrowania dostali się na jakieś nieprzejrzane płaskowzgórze. Ośnieżone, zawsze dalekie szczyty gór ukazały się znowu w majestacie ogromów. Wynosiły się na niebie jakby ołtarzem straszliwej potęgi ukrytej w chmurach. Powitał je ryk powszechnego wzruszenia. Wszystkim cierpieniom zamarzył się kres, a wszystkie zgorączkowane oczy widziały już za temi niebotycznemi szczytami — wolność i szczęście. Radość skrzepiła serca ufnością. Ścichły narzekania. Fala gorącej nadziei przepełniała serca. A przytem powiały chłodniejsze wiatry i dnie przyszły znacznej ostygłe, a ogromna rzeka płynąca w głębokich brzegach pełna była lodowatej, czystej wody. Straszył tylko step rozciągający się dokoła niby stół nieobjęty, poznaczony tu i owdzie zsypiskami zwietrzałych skał, grupami drzew i zaroślami ciernistych krzaków. Rdzawą i spękaną ziemię pokrywały trawy podobne do szarych, splątanych liszajów i niskie, krwawe mchy. Jakieś nieznane zwierzęta przemykały się płochliwie, a nocami chłodnemi z upragnionych słodkich snów budziły głuche, straszliwe ryki podobne do grzmotów podziemnych. Bały się ich wilki, i psy przed niemi chroniły się pomiędzy rogatych. Ale żadne ze zwierząt nie dojrzało już człowieka, nawet ptaki krążące wysoko nad ziemią. I ani śladu siedzib, ni dróg, ni nawet zapachu dymów. Otoczył ich świat zupełnie nowy i straszny przez swoją obcość.

Przyszły głody, zbrakło zapasów gromadzonych przez ludzi, musieli się żywić twardą jak szczecina trawą i kolczastemi roślinami gorzkiemi, niby piołuny.

— Niema łąk! Niema kartofli! Niema zboża! Niema koniczyn! — Zajęczały stada.

Bezgraniczne zdumienie rodziło w nich przestrach niepokojący. Nie pojmowali tego. Byli pewni, że wszędzie zebrane są zapasy niewyczerpane i przeznaczone dla nich, a których im wzbraniała nikczemność człowiecza. Gdzie się więc podziały pełne stodoły? Gdzie pola kartoflane? Gdzie zboża? Gdzie tłuste pastwiska? Co się z niemi stało?

Ludzie już nie wzbraniają, bo ich niema! I niema także zapasów!

Wrzały głuche, szarpiące uczucia, nie potrafiące się wychylić z poza tych straszliwych dla nich faktów.

I Rex się szarpał, nie pojmując tego, natomiast Niemowa mamrotał zjadliwie.

— Macie wolność, to pocóż wam pasza. Jak ludzie nie zasieją, to wy nie zeżrecie. A oni dadzą sobie radę bez was. Nikt się z tem jeszcze nie wyznaje, ale wszyscy chcieliby wracać do pełnego żłobu. Wilkom porosły kałduny, a i to mają już tego dobrego dosyć!

— Choćbyśmy wyzdychali z głodu co do jednego, nikt dobrowolnie nie wróci do jarzma.

— Zdechniecie niedługo. Ja też z wami — dodał smutnie.

— Stado dzikich daje sobie radę bez pomocy człowieka, poradzimy sobie i my. A o powrocie milcz, bo cię każę zatratować. Zresztą mamy już niedaleko.

— Ty wiesz dobrze, boś przecie królem nad tem bydłem, ale mnie wyklekotały bociany...

Nie chciał go więcej słuchać i warknąwszy na ogiera, popędził nad rzekę, gdzie stada rozłożyły się na odpoczynek, skubiąc nędzne, kolczaste trawy. Niepokoiła go coraz głębiej ta przedłużająca się wciąż wędrówka. Dzień przechodził za dniem, a ten przeklęty, jałowy step zdawał się nie mieć końca. Nieraz wybiegał naprzód, daleko i wdrapawszy się na jakieś skalne rumowiska, próbował dojrzeć krańców równin. Napróżno jednak, — jak sięgnął ślepiami, leżała nieprzejrzana pustka, niby rdzawy całun poznaczony nędzną roślinnością i kamieniami, a nad nią wisiało puste, szarawe, bezchmurne niebo. Tylko olbrzymi łańcuch śnieżnych szczytów zamykał horyzont. Leżały wpoprzek ich drogi niby zwalone bezładne kupy — szczątki jakichś potrzaskanych planet i słońc, grających widmowem światłem wiecznych lodów. Cofał się przed tym widokiem w niepojętym lęku.

Którejś nocy dopadł żórawi lecących zawsze o parę godzin przed stadami.

— Daleko! Daleko! Daleko! — Zaśpiewały mu w odpowiedzi.

Poleciał błąkać się pomiędzy swojemi gromadami. Odpoczywały nad urwistym brzegiem rzeki. Księżyc świecił w pełni. Leżały ciche i senne, jeno tu i owdzie wyrywały się stłumione jęki. Ciche były i zagłębione w siebie, przeżuwając niestrudzenie nędzną paszę, lecz na jego widok budziły się z trupiego odrętwienia i ciężkie, tępe spojrzenia przeprowadzały go z bezgraniczną miłością. Ciche były i jeszcze w spokoju znosiły wszystkie nędze. Cierpiały z rezygnacją niewolniczych przyzwyczajeń, bez jęku i skargi. Odczuł jednak, że gonią ostatkami sił i długo już nie wytrzymają. Kiedy powrócił na swoje legowisko, Niemowa podjął przerwaną rozmowę.

— Bociany mi wyklekotały: do gór całą niedzielę drogi, potem góry, potem znowu ziemia, a potem morza będzie ze trzy dni. Pod górami mają być wielkie łąki, wody i lasy.

Skoro zaświtało, Rex rozkazał wilkom poganiać stada ze wszystkich sił.

— Na wschód! Naprzód! Prędzej! — wył, przebiegając na swoim ogierze. — Już niedaleko.

Potoczyły się jak gradowa chmura unoszona wiatrami. Popędzała ich wzmożona nadzieja, popędzał głód i popędzała śmierć, która zdawała się poświstywać nad niemi straszliwemi biczami, od których padało tysiące. Nikt na to nie zważał, lecieli oślepli niedalekiem już szczęściem i strachem, gdyż wilki z nakazu Rexa wyły następując coraz bliżej i pozostających w tyle rozdzierając na strzępy. Na domiar złego, wpadli w szeroką strefę ciągłych burz i huraganów. Podnosiły się takie wichry, że kurzawy zakrywały słońce, rwały kamienie, obalały najtęższe woły, miotały owcami i spowijały w rozszalałe, szarpiące na wszystkie strony, tumany. Spadały okropne ulewy, iż step stawał się wzburzonem jeziorem, tysiące potoków rozrywało zeschłą ziemię w głębokie rozpadliny i bruzdy. Przy najpiękniejszej znowu pogodzie, nagła cichość przejmowała powietrze, niebo spadało na ziemię czarnemi, opitemi chmurami, rozlegały się dzikie świsty i tętenty, jakby tysięcy rozszalałych tabunów, a potem trzaskały grady piorunów wśród błyskawic i wstrząsających grzmotów.

Obłędny strach porywał najmężniejszych. Kulas ze swoimi kamratami zaszywał się w gąszczach, lisy zakopywały się w jamy, psy chowały się po skalnych rumowiskach, a nawet Rex chronił się pod urwistemi brzegami rzeki, tylko stada wystawione na wszystkie okropności burz, nie mogąc sobie poradzić, rozbiegały się w obłąkanym popłochu na wszystkie strony i ginęły tysiącami.

Niemowa z księżniczką, ze swoim ogierem i Kruczkiem, zawsze

potrafił się zabezpieczyć przed gwałtownością nawałnic. I pierwszy potem zwoływał rozproszonych i prowadził, zanim się zjawili prawowici wodzowie. A że miał nieco ludzkiego rozumu, więc później, przewidując nadciągające burze, znajdował dosyć skuteczne sposoby jakiego takiego zabezpieczenia stad od klęski. Zaczęli mu ślepo ufać i zanim minęli tę straszną strefę, właściwie on stał się panem i wodzem niezliczonych gromad. Na niego podnosiły się strwożone ślepia i tylko jego szukały w chwilach niebezpieczeństwa. Rządził jak urodzony władca i posłuch wymuszał rewolwerem.

Rex zaczynał się bać, zwłaszcza jego gniewne, błyszczące spojrzenia przejmowały go drżeniem.

— Człowiek! — warczał w bezsilnej złości, nie mogąc wytrzymać tych spojrzeń władczych.

— Gotuje nam zdradę to ludzkie szczenię — wrzał Kulas, przysuwając się do chłopaka.

— Jeszcze jeden skok, ty odrzykoniu, a będzie ostatni! — zabełkotał Niemowa, podnosząc broń.

Rozeszli się w pozornej zgodzie, lecz od tej chwili wilcze ślepia chodziły za nim nieustannie.

A jemu ani postała w głowie władza i panowanie, miał dosyć tego tułactwa i postanowił powrócić do ludzi. Już jego ogier i Kruczek byli namówieni. A chodziło mu, żeby jak najwięcej stad zbuntować i z niemi wrócić do ludzi.

— Giną marnie, a tam jesień i tyle roboty w polach. Milsza im przecież będzie robota, pełny brzuch i dach nade łbem, niźli zdychanie z głodu — zwierzał się przed „zaczarowaną księżniczką". — Jeszcze mnie zaprosi na pokoje, jak jej tyle bydła przyprowadzę! — rozmarzał się z dziwnie słodką tęsknotą o swojej dawnej dziedziczce.

A kiedy wydostali się znowu w kraj spokojny, chociaż równie jałowy i pustynny, stada rozłożyły się na parodniowy odpoczynek i Niemowa jął się wałęsać po obozowiskach. Nastawiał pilnie uszu na wszystkie głosy wyrzekań, jakich podnosiło się coraz więcej. Wdawał się w długie gawędy i skarżąc się wraz z niemi, płacząc nad wspólną niedolą, posiewał myśli o powrocie do ludzi. Przyjmowali je czasami z gniewem i pomrukiem, niekiedy z osłupieniem, a najczęściej z długiem, żałosnem wzdychaniem. Cóż ich czekało dalej? Nędza, głody i śmierć. Przecież już wyglądali na szkielety obciągnięte podartemi, obwisłemi skórami! Ledwie się trzymali na nogach. Śmiertelne wyczerpanie i apatja rzucały całe tysiące na ziemię, że woleli zdychać z głodu niźli znowu trudzić się poszukiwaniem nędznego pożywienia. Przeciągłe jęki konających słychać było we wszystkie te dnie i noce. Gromady zmniejszały się z przerażającą szybkością. Wyzdychała wszystka młodzież. Wilki mogłyby powiedzieć czemu tak prędko wyginęły owce. I świń pozostało niewiele. A co zginęło kopyt i rogów, tegoby nie obliczył i ubywało ich coraz więcej w miarę, jak gasły w nich nadzieje. Prawie codziennie, gdy słońce wynosiło się z poza śnieżnych szczytów ogromne, promieniejące, rwał się i bił w niebo ryk.

— Nigdy tam nie dojdziemy! Nigdy! Nigdy! — wrzał chór ponurej rozpaczy i żalów.

Napróżno Rex uspakajał i krzepił, wyjąc swoje hymny o szczęściu, jakie tam na nich czeka. Słuchali w powinnem milczeniu, a gdy poleciał dalej, wybuchały coraz cięższe biadania.

— Niechby i w jarzmo zaprzęgli, niechby i bili — jęczały woły, przeżuwając gorzkie raniące osty — byle dali jeść do syta, jeść! jeść!

— Wiedziałem, że do dnia nasypią obroku — wspominał marząco jakiś koń — potem wyprowadzą na robotę.

— A potem spiorą batami aż skóra popęka — szydził z niego sąsiad zuchwały ogier.

— Ale w południe znowu był obrok, wiadro czystej wody, odpoczynek.

— I baty w dodatku! — rżał tamten, bijąc kopytami w ziemię.

— Ale na wieczór była ciepła stajnia; pół żłoba owsa i za drabiną koniczyna — wzdychał żałośnie.

Skończyło się to przypominanie przeszłości zaciekłą bójką, aż trzaskały kopyta, pękały gnaty i polała się krew bratnia. I było tych zwad, awantur i krwawych rozpraw coraz więcej. Jakieś mściwe, zaczepne rozdrażnienie zaczęło się szerzyć niby wścieklizna. Każdy rad był odbijać swoje nędze i zawody na drugich. Już całe dnie i noce przechodziły w namiętnych, nieustępliwych swarach, z czego korzystając Niemowa namawiał usilnie do powrotu, rozjątrzając obolałą duszę mirażami straconego szczęścia. Wielu ogarniętych szałem nagle przypomnianej przeszłości chciało powracać natychmiast, rycząc na wszystkie strony.

— Wybaw nas! Prowadź! Ludzi chcemy! Panów chcemy! Jeść chcemy! Prowadź!

Dużo było jednak takich, którzy nasłuchawszy się namów, odrzucali je z pogardą.

— Nie wrócimy pod baty. Wolimy głody niźli sytą niewolę. Nie potrafimy już być niewolnikami. Pragniemy żyć dla siebie. Mięsem dla ludzi nie będziemy. Wracaj, ale do zdrady nie namawiaj.

I źle skończyły się dla niego te buntowania, gdyż któregoś ranka Kruczek mu zawarczał:

— Rex z Kulasem i ze starszemi radzą o czemś na skałach. Szczekają coś na ciebie, słyszałem.

— Nie bój się. Mam się czem obronić — pokazał rewolwer i kordelas ostry jak brzytwa.

— Zabijesz paru a reszta cię rozedrze. Uciekajmy zaraz — zaskamlał trwożliwie.

— Daj znać naszym, niech się zbierają w kupy i zostają w tyle, nieznacznie — rozkazał.

Nie zdążył, bowiem opadła go nagle kohorta wilków, a Kulas zaszczekał.

— Wypędzamy cię z gromady! Rex daruje ci z przyjaźni życie. Nie groź swojemi piorunami, bo każe cię rozerwać. Przyjęliśmy cię z łaski, a zapłaciłeś nam zdradą i buntem, precz!

Chłopak obejrzał się za ratunkiem, ale zobaczywszy do koła wyszczerzone kły i rozjuszone ślepia, wsiadł na swojego ogiera, którego mu podpędzili. Z księżniczką przyciśniętą do piersi i z rewolwerem w drugiej ręce, jechał tęgim kłusem otoczony wilkami. Kruczek go nie opuszczał, siedział przytulony do niego, szczękając zębami. Pędzili tak całe dwa dni, zaledwie parę razy odpoczywając. Wreszcie dosięgnąwszy miejsca przeznaczenia, zawyli, żeby zsiadał. Konia i Kruczka pożarli w mgnieniu oka.

— Jakbyś chciał ludzi naprowadzić na nas, zginiesz. — Ostrzegał któryś i popędzili zpowrotem.

Stał oszołomiony, rozglądając się ciężkiemi oczami; teraz dopiero ważył całą okropność ciosu, jaki w niego uderzył. Został sam jeden w głuchej, jałowej pustyni, o parę tygodni drogi od najbliższych siedzib ludzkich, bez żywności, bez pomocy i bez konia. Włosy mu powstawały na głowie, lecz nie upadał na duchu, nawet nie zapłakał. Pozbierał manatki, buty przerzucił przez ramię, księżniczkę ukrył w cholewie, w krzakach wyciął tęgi, sękaty kij i ruszył śmiało prosto na zachód. Trzymał się rzeki, wędrując szlakiem pełnym szkieletów, kości, padliny, na której z wrzaskiem żerowały olbrzymie sępy. Niekiedy z głodu odbierał ptakom zuchwale swoją część i szedł zbrojny głęboką pewnością, że nie dziś to jutro, a przecie znajdzie to potrzebne słowo i odczaruje swoją księżniczkę.

— A wy, pozdychacie co do nogi. — Pogroził na wschód. — Zdechniecie prędzej niźli ja.

I wędrował naprzód bez trwogi. Żywił się czem się dało, a że zmyślny był nadzwyczajnie, rzeka była rybna, i miał krzesiwo i hubkę, więc głody niezbyt mu dokuczały. A kiedy zdarzyło mu się złapać większą sztukę, piekł ją na rozpalonych kamieniach, mył księżniczkę, usadzał ją przy ognisku naprzeciw siebie i sprawiał sobie bal. Częstował ją, przemawiał jak do żywej, całował po rękach i nogach, przyciskał głowę do jej serca i słuchał nabożnie tych niebiańskich głosów muzyki, jakiemi wtedy przemawiała. Modlił się do niej niewysłowionem szczęściem. I, nasyciwszy serce i brzuch dowoli, znowu ruszał dalej.

Był jak ziarnko piasku toczące się zuchwale wskroś tych nieobjętych obszarów. Był taki mały, nędzny i słaby na tle ogromów, że nie zaczepiały go nawet dzikie zwierzęta. Szedł, ani troszcząc się o niebezpieczeństwa, nawet nie myślał o nich, wysypiał się przy wielkich ogniskach, jakie rozpalał, a dojrzawszy ciągi ptaków lecących na zimowe leże, zaśpiewał ich głosami. Opadły go nieprzeliczoną chmarą i zanim się poznały na podstępie, miał już zapasów na parę dni, a piórkami co najpiękniejszych przystrajał głowę księżniczki. Po dwóch tygodniach takiego prawie wesołego życia, zaczął się nagle niepokoić, gdyż pewnej nocy bardzo się oziębiło i nad ranem podniósł się mroźny wiatr. Lodowate tchnienie powiało ze wschodu. A kiedy wstał dzień, blade, przemarznięte słońce zaiskrzyło się w szronach. Niemowa zdumiał się, wodząc zatrwożonemi oczami po zbielałych ziemiach. Nie myślał bowiem o zimie i na śmierć zapomniał o jej kłach straszliwych. Głęboka troska zatargała mu sercem. Drapał się frasobliwie po kudłach i po krótkich medytacjach naciągnął buty na bose nogi, obwinął się derą i, przepasawszy się sznurkiem, przycisnął do piersi księżniczkę i spiesznie ruszył w dalszą drogę. A popędzał go strach, coraz zimniejsze dnie i wichry dmące od wschodu. Przytem zaczynał mu doskwierać głód. Ptaki się gdzieś pochowały, a do ryb ciężko się było dobierać przez omarznięte brzegi rzeki. I chociaż przemarznięty, wynędzniały i ledwie już wlokący nogi, wędrował niczem niezmożony i wciąż wymyślane jakieś słowa szeptał do ucha księżniczki.

— Nie bój się, przecież natrafię i odczaruję cię! — mamrotał. — Ożyjesz, zjawi się koń czarny jak kruk i pojedziemy! Loboga, żeby jeno prędzej! — Wzdychał rozpaczliwie, dnie bowiem przychodziły zimne, targane wichurami, smutne, że nieraz krył się po ciemnych jamach, żeby je przeczekać. Cóż kiedy noce następowały jeszcze gorsze — ciemne, lodowate, burzliwe i pełne jęków i ryków jakby całych stad szalejących w ciemnościach. Włosy mu powstawały na głowie i nie sypiał ze strachów i zimna, lecz o świtaniach, kiedy się nieco uspokoiło, przezwyciężając głód, zimno i znużenie, szedł znowu z tą niezamarłą jeszcze nadzieją, że może dzisiaj, może już za chwilę dojrzy gdzieś dymy ludzkich siedzib, a choćby tylko bory, któreby dały mu schronienie. Napróżno jednak, jak mógł dosięgnąć oczami, rozciągała się nieprzejrzana, straszliwa pustka; step poznaczony plamami krzaków i przerżnięty pasmem krętej rzeki płynącej — zdawało się, aż w to sine niebo, leżące na skrajach horyzontu zielonawemi zwałami chmur, jakby potrzaskanemi bryłami lodów. Groza tych pustych obszarów, śmiertelnego milczenia i samotności chwyciła go nagle za gardło takim strachem, że załamał się w sobie niby nędzne źdźbło i, ryknąwszy rozpaczliwym płaczem, zaskowyczał błagalnie:

— Ratuj Jezusieczku! A to ci już wystrugam całą mękę, a to ci śpiewającego kosa w klatce zawieszę przed ołtarzem! Ratuj mnie, Panie! — Łkał, żegnając się raz po raz. Nazajutrz ścisnął tak wielki mróz, że ziemia zadzwoniła pod nogami, rzeka zamarzła i niepodobna było złapać oddechu. Ustały wiatry, zrobiła się złowroga cichość, przerywana jeno głuchemi trzaskami pękającej ziemi. Nie było już mowy o dalszej wędrówce, tyle jeno tego dnia zrobił drogi, że znalazł miejsce, gdzie rzeka, wrzynając się głęboko w brzegi, utworzyła bagnistą zatokę porośniętą szuwarem i krzakami.

— Oparzeliska i niezamarzła woda, muszą tu przylatywać ptaki!
— Pomyślał i nożem a pazurami wygrzebał pod stromym
brzegiem sporą jamę na schronienie. Przysłonił ją gałęziami,
wyścielił liśćmi, a usadziwszy w głębi księżniczkę, zakopał się na
dno barłogu i, poczuwszy błogie ciepło, zamamrotał sennie pod
adresem mrozu.

— Całuj mnie gdzieś, dużo mi zrobisz. — I zasnął mimo
szarpiącego głodu.

A rankiem, pookręcawszy się w suche trzciny, zasiadł w krzakach i
cierpliwie wyczekiwał, chociaż mróz przenikał go do szpiku. Na
szczęście, sprawdziły się jego przypuszczenia, gdyż wkrótce po
wschodzie słońca pokazały się sznury dzikich kaczek i jęły
spokojnie opadać na zwierciadła niezamarzniętych wód. Zakwakał
niby stary na małe w porę niebezpieczeństwa, wystraszone ptaki
zaczęły się zrywać, lecz większa część momentalnie zaszyła się w
suche trawy. Nabił ich kijem i nałapał rękami tyle, że ledwie je
doniósł do swojej nory.

— Będzie wyżerka, reszta skruszeje na mrozie! — Chwalił się
przed księżniczką, rozpalając przed jamą duży ogień.

Najadał się już dosyta i wysypiał, odzyskując utracone siły, ale i
coraz lękliwiej rozmyślając o dalszej wędrówce. Mrozy bowiem
wzmagały się z dnia na dzień, i szrony grubości największych
gradów pokrywały stepy puszystą wełną, zapadającą się pod
nogami. Stopniowo też zamarzały bagniska i marły oczy żywych
wód, przysłaniane bielmami lodów, i coraz mniej przylatywało
ptaków. Dnie otwierały się niby groby rozpraszające posępne,
gromniczne światło w tych okropnych cichościach obumarłej
ziemi. Przez gęste, skołtunione mgły przesączały się krwawe
brzaski słońca, niby umęczone spojrzenia konających oczów.
Zmierzchy opadały nagle czarnemi, nieprzeniknionemi kirami. Zaś
noce pokazywały się fantastyczną baśnią — prawie czarne niebo
zasypane srebrzystym piaskiem gwiazd grało miljardami skrzeń,
migotów i cichych, lodowatych błyskawic, wyżerających oczy:
wszystko stawało się jednem morzem rozdrganej światłości.
Którejś takiej nocy, gdzieś niedaleko rozległy się jakieś złowrogie
wycia.

— A może to wilki? — pomyślał Niemowa. — A może to Kulas ze

swoimi? Raźniej byłoby nam powracać. — Ucieszył się niezmiernie i, łowiąc chciwie zbliżające się odgłosy, pomimo straszliwego zimna wdrapał się na wyniosły brzeg, żeby się rozejrzeć po stepie.

Jakoż dojrzał sznury cieniów, posuwających się ku rzece, a na przedzie umykającego olbrzymiego jelenia, który, położywszy rogi na grzbiecie, pędził jakby ostatkami sił, potykając się coraz częściej, aż biegłszy stromego brzegu, przystanął i rozpaczliwie zabeczał. Już go dobiegały, już dziki skowyt triumfów zatargał powietrzem, gdy jeleń stoczył się na dół i, olbrzymiemi susami dopadłszy bagnisk, gnał ze wszystkich sił wskroś zarośli, zapadając się tu i owdzie, wyrywał się jeszcze i rzucał całą mocą rozpaczy, aż wpadł po brzuch w jakieś niedomarznięte oparzelisko, i, zanim zdołał się z niego wydobyć, już całe rozjuszone stado runęło na niego. Zawrzała rozpaczliwa walka. Jeleń wyrwał się z błota, bronił się rogami, tratował na śmierć, uciekał, zapadał się w bagna, walczył do ostatka — nim padł żywcem rozrywany.

— O ścierwy, czekajcież! — Zamamrotał wzruszony Niemowa i strzelił w skłębioną kupę. Błysk ognia i huk jakby gromu zatargały powietrzem. Stado rzuciło się do ucieczki. Strzelił za niem jeszcze parę razy i z bronią w ręku poleciał do jelenia. Leżał martwy, z powyrywanemi bokami i przegryzionem gardłem, ale i parę wilków tarzało się splątanych we własne, poszarpane trzewia.

— I mnie się tu coś należy. — Zdecydował chłopak i, nie zważając na skowyty zdychających, wyciął z jelenia ogromny kawał mięsa. Zaledwie je zaciągnął do swojej nory, kiedy dojrzał powracające wilki. Przypędził je głód i zapach świeżej krwi. Pożarły resztki jelenia i pożarły rannych i zdechłych towarzyszów, aż gnaty trzaskały w ich potężnych szczękach. Wylizały nawet śniegi zbroczone i, skończywszy ucztę, jęły węszyć za śladami Niemowy. Wtedy, aby je odstraszyć, zawył na trwogę jak umiał najlepiej. Zatrzymały się, strzygąc uszami na wszystkie strony, lecz po chwili, snadź nie wyprowadzone w pole, ruszyły znowu ostrożnie pod górę, były coraz bliżej, zaroiły się w krzakach strasznem mrowiem.

Chłopakowi zrobiło się gorąco i zadygotało mu serce.

— To nie Kulasowe kamraty! Rozerwą mnie jak zająca! — Obejrzał się za jakimś ratunkiem i naraz nagromadzone zapasy gałęzi, szuwarów i suchych traw jął zwalać gorączkowo na kupę, a kiedy wilki podczołgały się tak blisko, że poczuł ich obmierzły swąd i dojrzał w krzakach ślepia migocące niby świętojańskie robaczki, skrzesał ognia i stos podpalił.

Stado, spłoszone płomieniami buchającemi coraz wyżej, uciekło na stepy.

— Jutro niechybnie wrócą — zwierzał się księżniczce, nieustannie podsycając ogień. — Jak się raz zwiedziały, to ich ciężko odgonię — zafrasował się głęboko. — Musimy zostać, boć uciekać niesposób — obtarł spoconą twarz. — Całe noce trzeba się będzie bronić ogniem. A wyjść, to jak nie zmarzniemy, poduszą nas niby jagnięta. Co tu robić?

Strach zajrzał mu w nieulękłe oczy. Opadła go moc, poczuł się bezradnem dzieckiem, porzuconem na łup każdego przypadku. Zapłakał głośno jak niegdyś, kiedy go niesprawiedliwie wytłukła gospodyni. Wspomniał mu się daleki dom, ciepła kuchnia, gary z warzą na kominie, buchające zapachami. Płacz wstrząsał nim coraz boleśniej i dzika żałość ścisnęła sercem. Czynił sobie gorzkie wyrzuty. Poco zadawał się ze zwierzakami. Nawet w chlewach miał lepiej niźli teraz. Zginąć mu przyjdzie marnie. Nie zjedzą go wilki, to mróz go zakatrupi. Ma to nad nim kto politowanie! I, rozszlochany, zbolały, zakopał się w barłóg o samem świtaniu i zapadł w kamienny sen. Obudził go późny dzień i taki straszny mróz, jakiego jeszcze nie było. Powieki miał obmarznięte, ciało zdrętwiałe i ledwie oddychał. Z wysiłkiem rozpalił ogień i, podjadłszy sobie, wziął się do ściągania paliwa na noc następną. Przychodziło mu to z niezmiernym trudem, przewracał się, w głowie mu się mąciło. Poty uderzały na niego, i rozpalała gorączka, to znowu trząsł nim taki ziąb, że nawet przy ognisku nie mógł się go pozbyć. A wkońcu, już o samym zmierzchu poczuł się tak śmiertelnie znużonym i sennym, że pomimo świadomości niebezpieczeństwa, wysłał sobie legowisko pierzem pozabijanych ptaków i, zwinąwszy się w kłębek, zadrzemał.

Późną nocą przebudziły go wycia i naszczekiwania. Wilki walczyły między sobą o resztki gnatów jelenia i, zjadłszy co jeszcze pozostało, pociągnęły ku jamie. Odpędził je ogień, ale krążyły do rana, wyjąc z głodu i wściekłości.

Czuwał dalej, nieustannie podsycając ogień, chociaż przychodziło mu to bardzo ciężko, gdyż czuł się słabym i wielce znużonym. Chwilami, jakby tracąc przytomność, nie wiedział gdzie jest i co się z nim dzieje. To znowu wszystko stawało mu się obojętnem, i nawet wilcze skowyty i jakieś podejrzane ich gonitwy nie zwracały jego uwagi. Nawet nie smakowała mu świeżo przypieczona jelenina, odrzucił ją ze wstrętem. Z niemałą też ulgą powitał dzień i wsunął się do swojej nory, spać jednak nie mógł, męczyło go nienasycone pragnienie, pił wodę, połykał lodowaty szron i nic mu nie pomagało. Cały dzień przewałęsał się, nie wiedząc co począć ze sobą, trapiła go nuda, że machinalnie nagromadził zapasy szuwarów i gałęzi, a potem oskubywał złapane ptaki. Wzdychał coraz ciężej, wybiegał na step i przez zamarzające łzy rozglądał się za jakąś ludzką istotą. Zaciężyła mu nagle samotność i tęsknota straszliwemi skrętami — niby wąż — okręcała mu serce. Z zapomnianych głębin jęły wypełzać wspomnienia. Wydawały mu się cudowną baśnią prześnioną kiedyś, może przed wiekami. Boże, jakżeby się znowu wcisnął w ciemny kąt za piec, wieczorem zimowym, gdy dworska kuchnia zapełniała się ludźmi i gwarem. A niechby tam dostał przez łeb polanem za drażnienie psów. Przecież gospodyni dawała mu potem jakąś kość do ogryzienia, gorącego mleka, albo i chleba z masłem. Jezu, a co tam były za śmiechy, przekpinki, wesołości, a jakie bajki opowiadała świniarka! A kiedy dworki zasiadły z kądzielami, a dziedziczka zajrzała, to już nie było końca opowiadaniom przeróżnych historyj, od których strachem trzęsło i włosy powstawały na głowie. Właśnie o zaklętych księżniczkach, smokach i królewiczach. Ledwie się otrząsnął z tych majaczeń, poczuł się znowu chory, samotny i bezsilny.

— Zamrę czy co? — Myślał i, skuliwszy się w kłębek, przysunął się do samego ognia i zwolna grążył w jakieś niewypowiedziane błogości, jakoby w matczynem objęciu. Przeszywały go nawskroś jakieś palące ognie, szumiało w głowie i słodka senność, kolebiąc pieściwie, przywierała mu oczy gorącemi pocałunkami.

Już gwiazdy zaglądały mu w pobielałą twarz i zaskrzyły się w oszroniałych włosach, kiedy huk pękających ze straszliwego mrozu lodów wyrwał go na chwilę z tej błogiej topieli. I, dojrzawszy cienie snujące się w nadbrzeżnych zaroślach, rozdmuchał ognisko i, wyniósłszy księżniczkę, usadził ją obok siebie. Zapatrzył się w nią z natężeniem.

Siedziała uśmiechnięta, różowa od brzasków, cudna i patrząca nieodgadnionemi oczyma. Rzucał na ogień całe naręcza szuwarów i gałęzi, że płomienie z wesołym trzaskiem i szumem strzelały coraz wyżej, a jemu robiło się cieplej, jaśniej i radośniej. Naraz zaświeciły mu oczy, twarz zapałała i gwałtownie załomotało serce,

— znalazł wreszcie to słowo!

— Zaraz ci powiem! — zamamrotał. — Wymówię i wszystko się odmieni — potoczył zwycięskiemi oczami. — Samo mi przyszło do głowy! Co mi teraz wilki, mrozy i biedy! Jezu, zaraz, tak mnie roztrzęsło, zaraz. Wreszcie, szepnąwszy jej coś do ucha, odskoczył wtył przerażony.

— Jezus! Marja! Jezus! Marja! — powtarzał, żegnając się instynktownym odruchem.

Rosła w jego oczach i stanęła przed nim w złotej koronie i w płaszczu czerwonym, a za nią wrony ogier bił kopytami, dzwoniąc złotem wędzidłem i strzemionami.

Serce mu zamarło w podziwie cudu, w uniesieniu i w jakiejś świętej zgrozie.

Przemówiła tym samym głosem muzyki, którego nigdy nie mógł zrozumieć.

— Na koń, królewiczu! Na koń! — Każde słowo zagrało mu w duszy jak dzwon na Zmartwychwstanie.

Skoczył w siodło, zebrał lejce, trzasnął piętami ogiera i ponieśli się z wichrami w zawody. Siedziała przed nim, trzymał ją mocno, nie przestając popędzać konia.

Jeno wichry szumią w uszach i chlaszczą po twarzy, jeno dech zapiera i koniowi gra śledziona, jeno w oczach przelatują jakieś ziemie, jakieś bory, jakieś rzeki, aż rozśpiewała się w nim jakaś pieśń nadludzkiego szczęścia, lecz pędzą wciąż, pędzą coraz prędzej, pędzą wszystkim światem, pędzą do króla ojca, na weselne gody...

CZĘŚĆ II.

VI.

Ogromne, podobne rdzawym głazom, chmury sklepiące niebo, jęły naraz pękać, rozwalać się na kawały i rozsypywać się w podruzgotane rumowiska. Ginęły pod tym zalewem błękitne roztocza. Złowrogo mroczyły się dale. Przygasały światłości. Ślepnące oczy dnia zasnuwały się bielmami. Niedosiężny wicher zajęczał przeszywającym świstem. Zakrzyczały straszliwie jakieś ptaki. Szumy niedojrzanych borów zahuczały niby morza targane przez huragany. Krwawe języry niemych błyskawic zamigotały w posępnej szarości. Jakiś obłędny, dziki ryk zrywał się raz po raz z ziemi. Zasie na stepie wyrastały jedna po drugiej trąby powietrzne i, zataczając się niby olbrzymie, niebosiężne wrzeciona, nawijały na siebie gasnącą przędzę dnia. Zapadło nagle dręczące milczenie. Majaki potwornych wrzecion wirowały pijanemi skrętami coraz prędzej. Zdały się borem nagich pni zwieńczonych jeno koronami rudych, zwichrzonych kołtunów. W jakiemś mgnieniu zagrzmiała straszliwa kapela piorunów. Biły tak gęsto, że stały się jednym przerażającym grzmotem, od którego runęły chmury i zasypywały ziemię piachem duszących ciężkich mgieł. Wszystko przepadło w nieprzejrzanej szarości, a ziemia pod huraganami niemilknących grzmotów zdawała się spadać w niezgłębione przepaście. Wszelka istota zamierała w śmiertelnem przerażeniu. Niepojęte potęgi tratowały rozdygotaną ziemię. Zagładę śpiewały jej pioruny. Zagładę wyły wichry, podnoszące się w mrokach, że zdawała się już jeno kupą piachów rozwiewanych w nieskończonościach.

„Nie ruszać się! Leżeć w miejscach!" Skowyczały komendy, gdyż stada zrywały się do ucieczki. Reks, wraz z owczarkami i całą sforą wilków, obganiał stada i już zębami nakazywał posłuszeństwo.

Ledwie skomlał i ze spienionej paszczy rwały mu się tylko
przekrwione piany. Spracował się niesłychanie i, opanowawszy
powszechną trwogę, padł na jakiemś wzgórzu z wywieszonym
ozorem, ledwie już dysząc z utrudzenia. Stada kładły się dokoła
wzgórza kręgiem nieprzejrzanym. To niepojęte, stające się na
niebie i ziemi, torturowało je obłędnym strachem. Powietrze
drżało od przeciągłych żałosnych porykiwań i jęków! Konie ze
rżeniem biły się o ziemię. W szarych odmętach coraz jaskrawiej
strzelały szmaragdowe ślepia owiec i skarżyły się rozdzierające
beki. Rozdygotane trwogą wycia wilków wybuchały w różnych
stronach. Psy, jak oszalałe, z nosami przy ziemi tropiły nieustannie
niewiadomo za czem. Tęskliwe porykiwania krów i wołów huczały
ponurym basem. Nawet świnie, tak zwykle mądrze obojętne,
pokwikiwały zaniepokojone. Wszyscy bowiem cierpieli jednako. A
nadomiar niedoli, te suche mgły oblepiały skórę lodowatemi
płachtami, przenikliwie dojmując aż do gnatów. Więc też co chwila
unosiły się ciężkie łby i przełzawione oczy błąkały się w mrokach.
Ale nic jeszcze nie zwiastowało na przemianę. Dzień nie powracał,
a mgły jeszcze gęstniały. Jeno Reks nie tracił spokoju i panowania
nad sobą. Przeżył już niejedną burzę. Wspominał właśnie straszną
śnieżycę, jaka go kiedyś błąkała przez trzy dni po polach.
Przepędził ją o głodzie pod jakimś kamieniem.

— Im w oborach zawsze było ciepło i cicho. — Warknął
zniecierpliwiony jękami.

— I wilkom nie w smak taka pogoda! — Odwarknął któryś z
owczarków, strzygąc uszami.

— Niech poszukają sobie lepszej. — Gniewały go te ustawiczne
narzekania.

— A jak się ta pomroka nie skończy! — Westchnął któryś, drapiąc
się przytem zajadle.

— To zdechniesz razem ze swojemi pchłami. Na nic mędrkowania!
A teraz spać!

Rozciągnął się jak mógł najwygodniej i próbował zasnąć.

Huragan przewalał się w inną stronę; trzaski piorunów stawały
się już coraz dalsze. Ścichały też i głosy stad. Odlatywały wichry,
bijąc omdlewającemi skrzydłami. Zwolna zapadało lute,
martwiejące milczenie. Ogarniał wszystkich kamienny spokój,
serca biły coraz ciszej, ginęły trwogi, a potem jawił się łaskawy

brat sen i niewolił cudami zapominań, że spadały zgorączkowane powieki, zgaszone łby waliły się na ziemię, i słodka lubość rozbierała strudzonych. Wreszcie i Reks zadrzemał, miarkując jeno przed zaśnięciem jako noc prawdziwa już nadeszła. Często się jednak budził, strzygł uszami, przeciągał i węszył, lecz, pociągnąwszy nozdrzami ostry posmak przymrozku, chował nos między łapy i spał dalej.

Najlżejszy szmer nie zagrał w tej śmiertelnej cichości. Zsypiska mgieł leżały martwe jak kamienie pomarłe i czasom na łup wydane. Rytm życia zgłuchnął i przytaił się w bezwładzie.

Mogło być już po północy, w porze kiedy zawsze pieją po wsiach koguty, gdy Reks porwał się nagle ze zjeżoną szerścią i nastawionemi uszami. Wyraźnie słyszał znajome wołanie, głos Znajdy. Nie mógł tylko rozeznać, w której stronie. Wyskoczył z miejsca i szalonemi susami latał, zataczając szerokie kręgi. Bełkot Niemowy długo pobrzmiewał gdzieś przed nim czy nad nim, ale jego samego nie mógł dopędzić, że zaziajany powrócił na legowisko.

— Nie zostało już po nim ani gnata! Gasi rozważaniem nagłą tęsknotę za przyjacielem. — A może wrócił do swoich i wołał na mnie? Miasto odpowiedzi, pamięć wywarła narozcież swoje czarodziejskie śpichlerze i zasypała go żywemi szczętami dawnych przeżyć. Wywalonemi szeroko a ślepemi oczami zajrzał w te cudowne zwierciadła. Jakby skoczył w minione i zdało się pomarłe czasy i przeżywał je na nowo. Zaszczekał radośnie na widok dworu; bił się ogonem bo bokach, przebiegając pokoje; sprężył się do skoku, dojrzawszy jamniki; gnał po rżyskach za młodym zajączkiem; łasił się, skowycząc, do nóg swojego pana; to drzemał na lwiej skórze wpatrzony sennie w dogasający na kominku ogień. Wreszcie rzucił się tak gwałtownie na jakiegoś wroga, że spadł na grzbiety śpiących obok owczarków. Majaki pierzchnęły — była jeno szara noc, cisza i śpiące stada. Nie zatęsknił jednak za przeszłością. Stawała mu się już nienawistną.

— Na wschód! Do słońca! — Zaśpiewały w nim z nową siłą wszystkie jego wiary i nadzieje. Troski o stada wróciły, absorbując całą uwagę i wszystkie siły. Prężył się w sobie na dalszy czyn wybawienia.

— Wiosna nadejdzie, a tam ani jednego konia, ani jednego wołu, ni psa nawet. Pozdychają z głodu. Kto będzie za nich robił? Strumieniem gorącej krwi, wytoczonej z wroga, przepływały przez niego te słodkie uczucia zemsty nad ludźmi. Wzdrygnął się naraz, odwracając nozdrza w inną stronę, gdyż fala straszliwych fetorów zawiała od stad.

— Podusimy się! Pilnować, żeby się tak blisko nie kładli.

— Ludziom to nic a nic nie śmierdziało. Nie zbierali to na kupy i nie wywozili? — zawarczał któryś.

— Ludzie nawet żrą wszystko, czegoby nasz brat i nie powąchał.

— Kiedyż się pokaże dzień, już pora! — I wodził zatroskanemi oczami po ciemnicach, lecz nic jeszcze nie zapowiadało nawet świtania. Czuł przecież nieomylnym instynktem, że powinno już było wschodzić słońce. Owczarki wiedziały to samo. Kręcili się niespokojnie i skowyczeli pod bramą tej nieskończonej nocy, której gospodarz nie otwierał i słońca nie wypuszczał.

— Może się gdzieś w tych niebieskich polach zabłąkało!

— A bo to raz się zdarza, że gospodarz zaśpi... Szczekało się pod drzwiami, aż się przebudził.

— Wracało się z nocnej stróży prosto pod komin. Ziemniaki parkotały w garnku, słonina skwierczała, ogień dogrzewał, a na dworze mróz i śnieg! Raje to były! Raje. — Wspominali cichutko. Przerwał im te wspominania grzmiący głos Reksa.

— Na wschód! Ruszać! — leciał rozkaz nad tysiącznemi rzeszami, póki nie spłynął aż na krańce obozowiska. Stada podnosiły się leniwie; ociężałe były, przemarznięte i wygłodzone. Posłuszne z biernego przyzwyczajenia, ruszyły w dosyć karnym ordynku naprzełaj przemglonych pustek. Wilcze wycia i kły przynaglały do pośpiechu.

— Gdzie słońce? Gdzie dzień? Gdzie? — szemrały smutne lamentacje.

Żórawie nie zaśpiewały im swojej codziennej pieśni porannej. Wlekli się ze spuszczonemi łbami, przystając z lada powodów i obgryzając gorzkie liście jakichś krzewów. Grube szrony trzeszczały pod nogami, zaś tu i owdzie zarywali się na cienkich skorupach lodowych, raniących nogi jakby nożami. A przytem ciągnęli zupełnie poomacku, w nieprzejrzanych na krok szarościach, bijąc się co chwila i potykając o jakieś kamienie, o jakieś drzewa i o siebie samych, że raz po raz wybuchały złorzeczenia i bijatyki.

— Kulasy połamiemy! Gdzie nas pędzą? A zawsze było tak równo na polach! — pojękiwali. Nie na wiele się przydawały popędzania, szli coraz niechętniej, trwożliwiej i apatyczniej. Całe zgony wyłamywały się z szeregów i, pozostając na tyłach, waliły się na ziemię niby podcięte kłody. Inni stawali nagle, obawiając się poruszyć z miejsca i rycząc w niebogłosy. Wilcze kły i pazury sprawiały jednak tyle, że chociaż z trudem dawało się jeszcze stado spędzić do kupy i wieść naprzód. Ale rwały się już wszelkie wiązadła i ciężko przychodziło wymuszać jakie takie posłuszeństwo. Bowiem nieopisaną męką stawała się ta wędrówka. Zbrakło dni, zbrakło nocy i dobrze określonych pór dnia, więc wkradał się coraz większy nieporządek. Spali kiedy im się zachciało i wstawali kiedy się im chciało. Odpoczywali już coraz częściej i dłużej, a wyjadłszy nawet mchy i nędzne porosty, gasząc pragnienie lizaniem szronów, ruszali dalej tragicznym krokiem skazańców. Całe gromady wolały pozostawać i zdychać, niźli tak dalej cierpieć. Gasły w nich nawet nadzieje i dobijała ta śmiertelnie monotonna szarzyzna, nie ustępująca ani na jedno mgnienie. Czas przytem dłużył się niesłychanie i dorzynała ta przymusowa ślepota. Tracili już nawet prawieczne instynkty. Już mało kto czuł noc nadchodzącą lub wstający dzień. Szli i szli bez końca, nie pojmując, zali na tej wędrówce przechodzą im dnie, tygodnie czy lata! Zdawało się, jako błądzą już wszystką wieczność i zawsze tak wlec się będą w tym szarym, niezmierzonym grobie, głodni, śmiertelnie wyczerpani, ślepi, nie umarli jeszcze, ale na łup okropnej, powolnej śmierci wydani. A miłosierny dzień nie nadchodził i nie wybłysnął ani jeden litościwy promień, ani jeden. Cierpienia wzmagały się z dnia na dzień i wzrastała taka beznadziejność, że już cichły wyrzekania, milkły skargi, brakowało sił na protesty, wlekli się podobni niezliczonym korowodom sennych, apatycznych majaków, z pośród których jeno niekiedy tryskał w niedojrzane niebo jakiś pojedyńczy, wstrząsający ryk rozpaczy.

Wreszcie Kulas poleciał na zwiady, nie było go dosyć długo; powrócił ze zgaszonemi ślepiami.

— Nie spotkałem słońca. Niema go nigdzie, nigdzie, nigdzie — skowyczał boleśnie. Leciałem na wschód; szukałem na zachodzie; i w stronie południowej przebiegałem mgławice, i wszędzie ta sama okropna, nieprzenikniona noc. Nigdzie ani jednego promienia! — rozpaczał.

Potem Reks poniósł się w świat na swoim czarnym ogierze, jak wicher tratując wszystko po drodze. I również powrócił z niczem. Krwawa piana ściekała mu z kłów a ślepia ponuro świeciły. Rzucił się na ziemię przy owczarkach i długi czas jeno dyszał z utrudzenia. Wieść się piorunem rozniosła o jego wyprawie i pokrótce otoczyły go zniecierpliwione ciżby, pragnące choćby nadziei.

— Na wiele marszów jeszcze noc przegradza — nie chciał i bał się wyjawić całą prawdę. — Spotkałem żórawie... śpiewały jako za parę dni zrobi się jaśniej... widziały słońce... powraca na ziemię... Nie bójcie się... Jeszcze parę dni przetrzymać! Cierpliwości... Odwagi... — bełkotał uroczyście.

— Czekaj tatka latka aż kobyłkę wilcy zjedzą! — warknął jakiś niezadowolony z relacji.

— Tylko człowiek może nas wyprowadzić z tej matni — rozbrzmiał zuchwały ryk.

— Milczeć! Zginie, kto powtórzy tę nazwę — srożył się Reks wyszczerzając kły.

— Słusznie — przytwierdził Kulas — a tymczasem giniemy, na stadach już skóra i kości...

— Tu cię boli — zaszczekano urągliwie. — Brakuje ci już tłustego mięsa.

— Gnaty wyschnięte, bez szpiku, to nędzne wióry.

— Wilki już kałdunami zamiatają ziemię a jeszcze się żalą — doszczekiwały psy.

— I wy nie żywicie się trawą! Marzycie o ochłapach z chałup, o śmietniskach...

— Bodaj ci ozór sparszywiał. Musimy żywić się padliną i czem się da. Nie mordujemy.

— Nie bronimy wam resztek... Możecie sobie używać...

— Obrzydły śmierdzielu! Raczej głodowa śmierć niźli resztki, cuchną wami na pół dnia drogi. Może dobre dla lisów i sępów!

— Psom ani wilkom niepilno do końca drogi.

— Naszym kosztem żyją! — podnosiły się głosy w różnych stronach.

— Gdzie jest słońce? — zerwały się naraz groźne ryki. — Prowadź nas! Dosyć mamy wędrówki! Nam zimno, ciemno, głodno i strasznie. Ratuj, bo zginiemy! Powróć nam dzień!

Reks, w obawie gorszych następstw, skoczył na ogiera i, otoczony potrójną szczecią wilczych i psich kłów, przedzierał się wskroś wzburzonych tłumów i uspokajał.

— Już niedaleki czas — szczekał rozgłośnie. Słońce czeka nas za mgłami! I zanim przeżyjemy parę odpoczynków, zaświeci nam w oczy, ogrzeje i znowu cuda świata pokaże...

— Nim słońce wzejdzie, oczy rosa wyje...

— Ta noc pożre nas co do kopyta... Gdzie są te raje! Obiecywałeś! Prowadź do nich.

— Są przed nami... Wkrótce dojdziemy do nich... Nagroda czeka wytrwałych i mężnych... Zginą jeno wątpiący i małoduszni. Którzy zaś wszystko cierpliwie przetrzymają, godni będą szczęścia...

— Daj nam jeść! Daj nam pić! Daj nam schronienie! Zdychamy!

— Wytrwajcie! — zawył ze wszystkiej mocy. — Wnet się skończy nasza niedola! A zapamiętajcie, że nieszczęścia, jakie nas spotykają, człowiecza podłość sprawiła. To oni zatopili nas mgłami, to oni przysłonili nam słońce, to oni nas głodzą i prażą zimnami. Mszczą się na nas. Pragną nas złamać i przymusić nas do powrotu. Chcą nas zniewolić męką głodu i nocy, pod baty i jarzmo. Nawet lada chwila mogą się zjawić między nami, aby kusić słabych i wątpiących. Śmierć podstępnym tyranom! Będą was nęcili obrokami i łaskawością. Nie zawierzajcie tym plugawym wężom, bo krew z was pić będą, jak dotychczas pili. Za miarę nędznego pożywienia znowu obrócą was w niewolników. Nie dajcie się! Skończyło się ich panowanie. Wgórę serca! Nie sprzedawajcie krwią okupionej wolności! Wytrwajcie, a znowu waszemi będą wszystkie pełne stodoły i brogi; wszystkie pola i łąki! I słońce będzie wasze, i ciepło, i zdroje rzeźwiące. I luby cień w upały mieć będziecie, i schroniska przed pluchami, i miękkie podściółki! A żadnego przymusu, żadnego podatku pracy i krwi, żadnego obowiązku, nawet obowiązku wdzięczności. Towarzysze, przyjaciele, bracia, świadczę wam całą mocą pewności, jako nadchodzą dnie nieskończonej szczęśliwości. Już je widzę, już je czuję, już są za temi mgłami. Widzicie blade jeszcze zorze tam, na wschodzie, świtania porę już głoszą te święte gońce dnia niedalekiego... — Wył ze lwią siłą i odpowiedziały mu ryki podobne do radosnych, wiosennych grzmotów. Kładli się też potem na odpoczynek, głodni wprawdzie, lecz pełni ufającej nadziei.

— Łgałeś niby żydowski kundel — warknął Kulas, rozciągając się obok niego. — To było dobre dla tego bydła, ale ja żądam prawdy. Muszę ją poznać! Przyznaję, jako dotychczas mieliśmy setną wyżerkę. Niektórzy z moich pozapuszczali sobie kałduny. Jednak zaczyna mi tu cuchnąć... Muszę myśleć o sobie. Wasz bunt może się źle skończyć dla nas. Nie dam obgryzionego gnata, że jutro nie zawrócicie. Nie potraficie żyć na wolności. Ludzie na wasz powrót wystawią najlepsze obroki, a nas przyjmą kulami. A jeśli to głupie bydło, doprowadzone głodem do szału, weźmie swoich wodzów na rogi i pod kopyta! Nie lubię ścisków! Za wielka hańba, żeby syn mojego ojca został rozszarpany przez ryje. Dzielą nas za wielkie różnice. Wolni jesteśmy od prawieka i wolnymi zostaniemy. A wam ciężko bez bata, chlewów, łańcuchów i gotowej michy. Zbuntowałeś stada i w imię czego? Że będą żarli, wylegiwali się, płodzili, żyli bez troski i zdychali śmiercią pasibrzuchów. Nie dla nas wilków takie ideały! Naszym żywiołem walka, podstępy, zwycięstwa i swobodna gra życia! Nawet śmierci nie dajemy się dobrowolnie — zwierzał się Kulas z zadziwiającą otwartością. — Prawda, że dzień zaraz powróci? — Niespodzianie zapytał.

— Powróci — szczekał kłami, wzburzony jego szczerością. — Żórawie leciały z tą nowiną.

— Nic nie wiem, że spotkałeś się z niemi.

— Tropisz za mną, ty zawszony worku! — Uniósł się gniewem.

— Straże poszły jak zwykle. Nie wzbraniałeś. — Odsunął się nieco od niego.

— Nie potrzeba mi waszej opieki! Nic mi nie grozi pomiędzy przyjaciółmi.

— Z pewnością, ale jednak jakieś bratnie kopyto, jakieś przyjacielskie rogi, jakiś wierny ryj mogą niechcący zawadzić o twoje boki, to się zdarza i wśród przyjaciół. — Dworował łagodnie.

— Oddani mi są. Przecież ich wyprowadziłem z domu niewoli. Jestem im wodzem i bratem.

— Właśnie dlatego bezpieczniej trzymać się od nich na pewien dystans! I nie powinni o tem wiedzieć.

— Nie pojmujesz naszej społeczności. Rozumiesz jeno mord i zagładę! I zbójeckie sposoby...

— Nie lubię szczekania, udającego mowę. Masz się za najmędrszego. Brałeś od ludzi kije, ale nie wziąłeś ich rozumu! Strułeś się pychą. Nigdy nie byłeś wolny i nigdy nie zrozumiesz wolności. Cóż cię połączyło ze stadem? Nienawiść do wspólnych panów. I zamiast skoczyć im do gardzieli, napić się ich krwi, i wziąć kłami zemstę, zbuntowałeś przeciwko nim tę niewolniczą hołotę, a zarazem musiałeś iść na służbę głupiego bydła! Znikczemniałeś, psie! A jeśli nie masz swoich ukrytych celów, a jeno ich szczęście i dobro, toś głupszy po stokroć, przypuszczając, że można z nich utworzyć wolny naród. A może zapachniała ci władza! Nie rozumiem smaku panowania nad baranami. Streśćmy ostatecznie: pocóż istnieją te wszystkie rogi, kopyta, ryje i jak się tam nazywają? — Żebyśmy mieli co jeść. My prawdziwie wolni, jedyni panowie i władcy puszcz i pól! Tylko człowiek od nas możniejszy, ale ty i tego już nie rozumiesz...

— Dlaczego poszedłeś z nami? — posłyszał wyrzut Reksa.

— Bo cię kocham, psi bracie. A potem, chciałem zmienić krajobraz, towarzystwo i przewietrzyć sobie futro. Ale znudziła mnie już ta socjeta. Niewyleczalne chamstwo i przytem tak głupie, że nie budzi nawet współczucia. Świeże mięso i nic więcej. Wobec tego wszelkie zainteresowanie intelektualne upada — prowokował go z rozmysłem.

— Przysiągłeś posłuszeństwo — przypomniał twardo Reks — potrzebny mi jesteś.

— Do popędzania leniwych i budzenia pokornego strachu przed władzą. Służymy ci wiernie.

— Mogłyby coś o tem zeznać owce...

— A czyż jest do pojęcia sytuacja, żeby owca zjadała wilka? — aż kałdun zadygotał mu z uciechy. — Lubię się zastanawiać nad celowością w przyrodzie. Przecież byłoby wbrew wszelkim prawom logiki, żeby np. barany zdychały ze starości!

Reks milczał i zasnęli równocześnie. Obudziło ich przenikliwe zimno.

— A dnia jak nie było tak i niema! — zaskamlał Kulas, otrząsając się z lodowatych szronów.

— Przyjdzie! Rzekłem! — odparł dumnie Reks i dał hasło do

ruszania w drogę.

Stada ruszyły w dawno niewidzianym porządku i z radośnie wzmożoną energją.

— Jeszcze trzy odpoczynki — objaśniały psy. — Jeden, i jeden, i jeden!

Pierwszy etap posuwali się z pośpiechem, drugi z gorączką; trzeci pędzili owładnięci szaleństwem, ale dzień nie zajaśniał. Ciężkie przesłony mgieł nie rozdarły się ani na chwilę. Szara, nieprzenikniona ściana odgradzała ich ze wszystkich stron i zamykała od światła i słońca.

Szalały nagle rozbudzone nadzieje i duszę przysłaniały ciemnice rozpaczy. Zbrakło im naraz sił i woli do dalszej wędrówki, że walili się na ziemię dziesiątkami tysięcy — walili się jakby w objęcia miłosiernej śmierci, ale śmierć nie wybawiała; sen też nie chciał koić utrudzonych, a nawet odpoczynek nie dawał sił, ni zapomnienia. Więc, porwani szaleństwem nieszczęścia, pędzili w cały świat, gdzie nogi poniosły, dopóki starczyło tchu, popędzani głodem i strachem.

Ile im przeszło takich strasznych nocy i dni, któż wiedział? Jeno to stało się wszystkim wiadome, że nigdzie niema dnia, nigdzie niema słońca i nigdzie niema końca tej wiecznej nocy.

— Tylko człowiek może nas zbawić! — zawyrokowały świnie na jakimś odpoczynku.

— Niemowa chciał nas ratować i wypędzili go! — wspominali jego dawni spiskowi przyjaciele.

— Bo chciał nas wydać zpowrotem na pastwę ludziom! — objaśniał jakiś niezłomny.

— A niechby wydał! Co nam po wolności! Giniemy! Noc nas pożera i głód! Oszukali nas.

— Do domu! do ludzi! — Załkały w ciemnościach niepojęte jeszcze tęsknice i bunty.

Nikt nie zasnął w tej porze zwykłego odpoczynku. Głuche wrzenia ogarniały coraz większe masy. Poczucie strasznej krzywdy zaczynało się wykuwać pod twardemi czaszkami. Wreszcie przyszło zastanowienie i naraz wszystkim stało się jasnem, że oddali się na łaskę i niełaskę Reksa. O dolo nieszczęsna! Przecież to tylko pies, — jakiś bezdomny zbuntowany pies! O przeklęta godzino szaleństwa! I dokąd ich doprowadził? Na samo dno nieszczęścia! I czemże ich uwiódł i wyrwał z prawiecznych gniazd i legowisk, z prawiecznego bytowania? Głupią bajką o szczęściu! Nędznem mamidłem. Niczem były przecierpiane głody, zimna i choroby; niczem wobec tej nieskończonej nocy, wobec tej męki błąkania się w oślepłych tumanach, wobec tych szarych, pustych bezkresów. Pozostała im jeno śmierć, jako jedyna wybawicielka. Jeszcze bowiem kilka takich etapów, a padną wszyscy. Uciekać! Uciekać zpowrotem! Dźwignęła się olśniewająca myśl. Wszędzie noc! Jak się z niej wyrwać? Gdzie uciec? Stada wątpliwości sępiemi dziobami zaczęły szarpać i rozrywać. Człowiek nas wywiedzie! Błyskawica zamigotała w oślepłych oczach. Człowiek nas zbawi! Modlitewny szept spłynął kojącą rosą nad obozowiskiem — pokorą był, strachem i lękliwem błaganiem. Człowiek! Radosnym rytmem stawały się oddechy. Kotwica zapadła na samem dnie serc. Niech biją pioruny, niech szaleją huragany, już zawinęli do bezpiecznej przystani, słodka fala unosi ten korab zbawienia i tak kołysze, tak utula, i tak czarownie śpiewa o utraconem szczęściu.

Zimno było na świecie. Przymarzały oddechy. Cisnęli się do siebie. Okropna niedola jednoczyła nawet wrogów. Nagle rozbudzona nadzieja rozpłomieniła się w przyjaźń i współczucie. Jeden dla drugiego zapragnął być bratem. Owce wzięły między siebie dygocące z zimna świnie. Klacze szukały ciepła pomiędzy psami. Potężne źrebce z dziecinną ufnością przyciskały się do kudłatych wilków. Nawet owczarki, strażujące na krańcach obozowiska, pokładły się przy krowach. Szukali u siebie ciepła i pokrzepienia. Ogarnęło wszystkich bezwładne milczenie wyczerpania. Jeno przez mózgi snuły się jakieś fantastyczne mamidła; mrowiły się niepochwytne szepty, a czasami głos jakiś rozbrzmiał i skonał bez echa, że drgały uszy i podnosiły się łby. Niekiedy zdawał się przeciągać zapach koniczyn i młodych zbóż; długo wchłaniały go rozdęte nozdrza, zanim przemienił się w ostry fetor gnojowisk, w jakich leżeli. Jęki żegnały te lube złudzenia. Bronili się jak mogli przed niemi, głowy jednak śniły na jawie jakieś niewyrażone dziwadła, cuda zamglonych przypomnień i sprawy jakby nigdy nieistniejące. Aż wreszcie, kiedy sen odleciał a przywarte ciężko ślepia zaczynały widzieć dalekie i dawne, zwaliła się na nich tęsknota. Powstała z tych udręk, strachów i nędz niby trujący opar z bagnistych trzęsawisk. I zagarnęła ich potężną falą, miotając z furją pod nieba, w lodowate pustki bez słońca i gwiazd, to strącała w otchłanie, na samo dno przerażeń, lęków i zgrozy. A zanim ochłonęli, już wynosiła na jakieś płaskie brzegi cichych, sennych zatok, skąd same oczy leciały w nieskończone dale, w rozsłonecznione przestworza, na pola, pachnące dymami ludzkich osiedli. To znowu, niby orzeł jagnię bezbronne, porywała serca w drapieżne i okrutne szpony żalów, rozpaczy i męki szarpiącej niestrudzenie. A po chwili zwalała się straszliwym ciężarem i miażdżyła bez miłosierdzia, tarzała w błocie, dając odczuć całą okropność bytowania bez słońca, bez jutra, i nawet bez nadziei. Zaczęli się zrywać, przewracać z boku na bok, biegać wkółko, drzeć kopytami ziemię i uciekać w cały świat. Nie zerwali łańcuchów, tęsknota wężowemi skrętami obwijała duszę i dusiła coraz okrutniej. Chrapliwe jęki wydzierały się z gardzieli, ciężkie łby tłukły o ziemię, i ten dziwny, niewypowiedziany ból tak szarpał, że padali w śmiertelnem wyczerpaniu, zdając się już na łaskę i niełaskę. Polały się palące łzy, i męka zaczynała się zwiastować dziką rozkoszą i upojeniem. O śmierci, wybawicielko! Załkały wszystkie istnienia. Naraz z ciemnych lochów jęły wypełzać majaki jakichś przypomnień. O łasko przenajświętsza! Zmartwychwstawały pomarłe dnie. W zdumionych obłędnie ślepiach zagrały jakieś pola spanoszone wiosną, jakieś żrałe lata, jakieś długie ciche noce, i coś w nich rozbrzmiało jakby pieśnią dawno gdzieś słyszaną. O cudzie błogosławiony! O czem to? O czem? Rozwiewały się mgły, bielma spadały z oczów. Jak to było? Kiedy to było? I gdzie? Ze drżeniem niedowierzań grążyli się w rozchwiane obrazy. Dawni panowie snuli się między niemi; ich oczy straszliwe połyskiwały w ciemnościach, ich głosy, budzące dreszcze trwogi, rozlegały się nad przytajonemi do ziemi łbami. Ale, o dziwo, nikt się już nie obawiał. Słodka niemoc pokory obezwładniała serca. Języry chciały dotykać tych rąk dobroczynnych, same grzbiety i łby prężyły się pod ich łaskawe pogłaskania. Jakiż spokój ogarniał duszę! Jak kiedyś, jak dawniej, jak bywało zawsze. I przypomnienia słodką mgłą czadów spływały zapachami obór, pól i obroków. Jakieś zmierzchy nagrzane, w zorzach zachodu, przytrzaśnięte złotawą kurzawą dróg, pełne ryków, turkotów. Wracają gromadami, wracają z ciężkiemi kałdunami, wracają syci. Ludzkie szczenięta wrzeszczą, czasem które z nich chlapnie batem! Matczyne polizanie nie byłoby słodszem. Skrzypią studzienne żórawie, pluska w korytach woda chłodna, rzeźwa, upajająca. Spracowane gnaty bolą, co za rozkosz położyć się na suchej słomie i w mroku i cieple, przy usypiającem brzęczeniu much. I nie potrzeba się o nic troskać. Oddać się jeno panu, a już jego głowa, żeby nam na niczem nie zbywało. Przecież tak było od prawieków, od tysięcy pokoleń i tak być powinno zawsze, zawsze... Mrowiły się wspomnienia, wydobyte żrącą tęsknotą.

— Tylko głupi buntują się przeciwko odwiecznym prawom.

— I za pogwałcenie płacą ciężkim haraczem.

— A było mnie słuchać! Wiedziałem na czem się skończy! — mamlał zgryźliwie Srokacz, stary wół z obtrąconym rogiem.

— Ten parszywy pies okradł nas ze wszystkiego. Cóż mi z tej ocalonej wełny! — zabeczał baran.

— Ukradł nam szczęście, ukradł nam życie; wywiódł na tułaczkę i nędzom dał na pastwę.

— A było mnie słuchać! — usiłował przeryczeć wszystkich wół, wysuwając się na czoło.

— Reks winien i Kulas! Zatratować! Roznieść na kopytach! — srożyły się barany.

Przywtórzył im ogólny ryk i długo łkał żalami, skargą i gniewem.

— Dosyć tej pogoni za niczem! Wracajmy!

— Upaśli się naszą nędzą. Już spasionemi kałdunami zamiatają ziemię.

— A tak pięknie prawił, tak czule i tak wzniośle! — narzekała żałośliwie stara maciora.

— W brzęczącą siatkę obietnic zawsze ułowi głupiego! — prawił sentencjonalnie Srokacz.

— Gdzie jest Niemowa? Zawsze był z nami. Pamięta drogi powrotu i łaskę nam wyjedna.

— Niech nas poprowadzi! Niemowa! Niemowa! Nawoływały coraz liczniejsze głosy. Zaczęli za nim tropić wśród ciżb i w ciemnościach. Ktoś widział go niedawno. Ktoś z rozrzewnieniem wspomniał jego buntownicze namowy do powrotu. Ktoś rozwodził się o jego rozumie i dobroci, a wszyscy jeszcze go mieli w oczach, jak jechał przed nimi na ogromnym ogierze. Zawrzało w gromadach, rozbudziły się nagle nadzieje ratunku. Wszystkie ślepia brodziły w mgłach za tą nikłą postacią. Co chwila wołano za nim w innej stronie. Gorączka rozpalała wyobraźnię. Szukali go coraz niecierpliwiej. Szukały go oczy, wołały głosy, leciały ku niemu westchnienia. Krew buchała do łbów, szaleństwem błyskały ślepia. Stawał się jedynym zbawcą, wskazanym przez rozpacz, i jedyną, ostatnią nadzieją, — że wreszcie dojrzały go jakieś utęsknione oczy i wskazały drugim.

— Tam jest! Przed nami! Widzicie! Wskazuje ręką drogę!..
Wszyscy go wraz zobaczyli: olbrzymi majak znaczył się w mgłach tak, jak go pożądały serca.

— Za nim! Niech wiedzie! Prowadź nas! Ratuj! Wybaw! Za nim!
Targnął się ryk podobny grzmotom, i wszystkie gromady runęły za tym majakiem.

Pozostał tylko Reks z najbliższymi, nie pojmując co się stało.

— Powrócą — uspokajał Kulas — polecieli szukać słońca. Alboż bydło wie co robi?

— I znowu namarnują się bez liczby.

— Zostanie jeszcze tyle, że starczy dla nas.

— Nie szczekaj głupstw! Bardzo mi ich żal. A do szczęścia jeszcze daleko...

— Litość jest cnotą niewolników. Przez głupią litość giną królowie i królestwa.

— Wilcze zasady! Kłami zapanujesz nad światem, ale go nie utrzymasz.

— Słuchajże, królu niewolników, ja nie chcę panować, ja chcę tylko żyć dla siebie... żyć wolny!... I spierali się dalej, a tymczasem oszalałe gromady rwały ze wszystkich sił za Niemową. Zdawali się go widzieć tuż przed sobą. Na szarem tle nocy majaczył olbrzymim zarysem — pędził na koniu, rozwiana od ruchu płachta spływała mu z ramion czerwoną chmurą, skudłane, konopne włosy lśniły księżycową poświatą; przyciskał księżniczkę do piersi, a prawą ręką wskazywał gdzieś przed siebie. Parli się zwartemi szeregami, nie spuszczając z niego oczów. Huczeli jak niepohamowana fala, łamiąca wszelkie przeszkody po drodze. Rozumieli tylko jedno: oto wracają do swoich siedzib; wracają do ludzi, wracają do utraconego szczęścia. Co chwila rozgłaszały się triumfalne, radosne ryki. Unosili się jakby na skrzydłach. Czuli już w nozdrzach zieloną ruń pól, skowronki rozdzwaniały im w duszach, pachnący młodą zielenią wiatr ochładzał zgorączkowane ślepia. Prędzej! Prędzej! Prędzej! Wybuchały coraz gwałtowniejsze zniecierpliwienia. I ani kto pojmował, jak długo już trwa ta pogoń za chimerą. Ani kto skarżył się na jej trudy i cierpienia. Tysiące osłabłych pozostawało w tyle, tysiące marło pod kopytami własnych braci, ale reszta pędziła bez wytchnienia. Jeszcze jeden skok — a odsłoni się dzień, pokażą się wsie, rozbłyśnie słońce! Prędzej. Naprzód. Prędzej.

W jakiemś nieoczekiwanem mgnieniu, uderzyli łbami o rumowiska skał, że wielu rozbitych stoczyło się w niedojrzane przepaście. Zagrodziły im drogę czarne, leniwie rozkołysane wody, z których nieustannie biły w czarne, asfaltowe niebo olbrzymie słupy ognia. Jakieś potworne skrzydlate stwory migotały w krwawych oparach. Ziemia się trzęsła. Nadbrzeżne skały waliły się wciąż w gruzy. I nic nie głosiło się nawet szmerem. Nawet ryki przerażeń skonały w oniemiałych gardzielach. Umarłe milczenie panowało niepodzielnie. Widmo Niemowy rozwiało się w tych grobowych pustkach. Okrwawione fale jęły cicho nabrzmiewać, podnosić się i długiemi jęzorami zmywać najbliżej stojących. Cofali się przerażeni nowem niebezpieczeństwem. Wody jakby spięły się za niemi i, groźnie spiętrzone, sięgały coraz głębiej, zabiegały z boków i przyczajonym, nagłym rzutem chwytały drapieżnemi skrętami.

Śmiertelny strach odrzucił ich daleko i popędzał w dzikiej, szalonej ucieczce...

Lecieli bez pamięci i celu, że uderzyli w jakieś kolczaste nieprzebyte zarośla. Zawrócili w przeciwną stronę i po długim biegu wpadli w moczary, zionące zabójczemi wyziewami, gdzie pełzały zielonawe, błędne ogniki, podobne do wilczych ślepiów. Zawrócili znowu i z uporem rozpaczy szukali wyjścia w innej stronie. Krążyli w jakiemś zaklętem kole, nie mogąc się z niego wyrwać za żadną cenę trudów i cierpień. Pragnęli dnia, choćby lśnienia gwiazd, choćby najbledszych świtań — a mgły wciąż przysłaniały świat, wciąż wisiały wełniste, nieprzejrzane chmury i wciąż błąkała ta wieczna, nieskończona noc. Nigdzie nie było wyjścia i nigdzie nie było ratunku. I napróżno przekrwione męką oczy szukały Niemowy. Napróżno wyły za nim wszystkie tęsknoty, że noc rozjęczała się żałosną skargą i sierocym płaczem ginących. Zdali się być jako morze na wieki uwięzione w skalistych ciasnych brzegach i wiecznie szamocące się z przeznaczeniem.

VII.

Musiało już być nad ranem, kiedy Reks, śpiący na wzgórzu pod osłoną krzaków, otrząsnął się gwałtownie z rosy, spływającej obficie z obwisłych gałęzi. Pociągnął nozdrzami — przewiewał jakiś wiatr wilgotny i nagrzany; mgły się też dziwnie kłębiły, ocieplone powietrze zwiastowało odmianę. Otrząsnął się raz jeszcze i, przewlekłszy ślepiami po wzburzonych ciemnicach, jakby zmartwiał w zdumieniu: tu i owdzie prześwitywały gwiazdy. Opadł na ziemię, przytaił dech i dopiero po długiej dręczącej chwili podniósł znowu głowę do góry: wysoko, ponad raptownie opadającemi mgłami, lśniło tysiące gwiezdnych migotów. Nie wyskoczył z miejsca, nie zaszczekał, nawet nie poruszył się a jeno, przyciszając rozdygotane serce, wpijał się zgorączkowanemi ślepiami w te srebrzyste skrzenia. Oblał go war i wstrząsały takie upalne dreszcze, że raz po raz chłodził się, polizując mokre liście i gałęzie.

Mgły, rzednąc, opadały i na granatowych łąkach niebios coraz bujniej rozkwitały promieniste kwiaty gwiazd.

— Znowu świecą! — zaskomlał w sobie, bojąc się spłoszenia tej wizji. Miał ją za senne przywidzenie, więc żeby jej nie rozwiać i nie spłoszyć, przywierał mocno powieki, aby je po mgnieniu podnosić zwolna, ostrożnie, wyczekująco.

Ale cud trwał.

Długo kontemplował w pokorze niemych dziękczynień, wstrząsany dreszczami szczęścia. Mgły zbielałemi kołtunami zasypywały ziemię, że już miejscami wychylały się z pod nich łysawe wzgórza i czarne wierzchołki drzew.

— Dzień nadchodzi. — Wzbierał w nim radosny, oszalały krzyk. Naraz porwała go chęć skoczenia pomiędzy śpiące stada; zapragnął budzić je i szczekać i wyć na wszystek świat tę wieść cudowną — jako skończyła się straszna noc i za chwilę wzejdzie słońce. Nie mógł się jednak poruszyć, nie znalazł nawet mocy do uderzenia się po bokach ogonem, jeno, silniej przywarłszy do ziemi, zadygotał, szczękając febrycznie kłami.

A dzień stawał się jak zwykle; niebo bladło, przygasały gwiazdy, na wschodzie zaczynały tlić się pierwsze różane zorze, zaś na ziemi pod wzburzonemi mgłami roznosiły się zwyczajne o tej porze kapele sapań i sennych porykiwań. Stada spały w najlepsze.

Zaniepokoił go ten sen dziwnie twardy, jak mu się zdawało.

— Wielu już się nie porwie na blask słońca — dumał, nie budząc jednak nikogo. Sprężył się nagle i zuchwałemi ślepiami uderzył w rozchylające się wrota wschodu — znowu wiedział dokąd poprowadzi gromady.

Naraz w niedojrzanych wysokościach zaszumiało tysiące skrzydeł, i rozdzwonił się klangor żórawi — znaczyły się w bladych świtaniach ledwie szarzejącemi kluczami. Krzyk spływał coraz niżej i potężniej, aż rozbudziwszy stada, porwał się znowu wgórę i popłynął w stronę dalekiego jeszcze słońca.

Zawyły wraz wilki, a reszta jęła się ciężko podnosić.

Kulas zjawił się wielce roztrzęsiony zdumieniem.

— Żórawie. To i dzień się wnet zrobi.

— Mówiłem! Oszaleją na widok słońca — zawarczał Reks, wydając hasło pochodu. Ale jakoś nikomu nie spieszyło się w drogę. Rozglądali się po niebie i ziemi ogłupiałemi, przerażonemi ślepiami, zupełnie jeszcze nie pojmując tej cudownej przemiany. Bolały ich gnaty, głód doskwierał, a śmiertelne znużenie tak wyczerpało im wszelkie siły, że nie potrafili odczuć własnego zbawienia. A kiedy już resztki mgieł obwisły białemi strzępami po krzakach i szary dzień zajrzał w ślepia — oglądali się ze zdumieniem, jakby wyzbyci pamięci dawnych swoich postaci. Cofali się jedni przed drugiemi, niby przed niepojętemi zjawami. A przytem wyglądali strasznie: skóry wisiały na nich podartemi łachmanami; utytłani w błocie po grzbiety, pełni ran, wrzodów i gnoju, dawali z siebie obraz obmierzłej, zaledwie poruszającej się padliny. I całe obozowisko pokazywało się jednem morzem smrodliwego błota, rozbijanego ustawicznie tysiącami nóg.

Podnosili się niechętnie, z jękiem głuchej rozpaczy, i jakby jeszcze nieszczęśliwsi w tych brzaskach świtań. Jakaś niewytłumaczona nienawiść i wstręt odpędzały ich od siebie. I nie oszaleli z radości, jak Reks przypuszczał, ale przeciwnie, te jasne, mądre oczy dnia, pokazującego nieubłaganie wszystką rzeczywistość, wzbudzały w nich gorzkie żale i niepokoje — jątrzyły im oczy purpurowe zorze wschodu, bolały rozkwitające na niebie zagony seledynów, przerażała sama jasność, w której wszystko jawiło się w swojej zwyczajnej a jakiejś okropnej postaci. Zobaczyli się w niej tak nędzni, mali i wydziedziczeni — i poczuli się zarazem jakiemś nieszczęsnem stadem istot, wydanem na nowe cierpienia. Rozpaczliwe ryki rozdarły powietrze i przewalały się nad obozowiskiem jak burza długo niemilknąca. I pomimo wilczych kłów i psich naszczekiwań, stada nie dały się ruszyć z miejsca. Niewytłumaczony strach szarpał jakby pazurami. Bali się tego nadchodzącego dnia; w te długie, bezlitosne noce zapomnieli o sobie, zapomnieli nawet o życiu i z rezygnacją spokojną staczali się do rowów śmierci. Tak już dobrze im było tylko tęsknić, przeklinać i zdychać. Tak dobrze było zapomnieć o sobie i czuć się jeno ślepą i bezwolną cząsteczką ogromu. A ten straszny dzień budzi z drzemki śmiertelnej, przymusza do życia i myślenia o sobie. Któż znajdzie siły do podźwignięcia takich ciężarów? I gdzie to znowu muszą wędrować? I poco? Dawne wiary i nadzieje pomarły w nich ze szczętem. I jakby po raz pierwszy zobaczyli nad sobą blade rozłogi nieba, poszarpane grzbiety gór, i dalekie, puste przestrzenie świata. Straszne wydały się im te ogromy i tak miażdżące, że potworny lęk odbierał resztki przytomności. Rozdrażnienie, wzmagające się co chwila, doprowadzało już do szaleństwa; tu i owdzie zahuczały głosy wściekłości, kopyta orały ziemię i biły wściekle, a nagły, niepohamowany gniew rzucał jednych na drugich. Tratowano się i rozbijano bez powodu. Budziły się dawno zapomniane urazy i pretensje. Każdy czuł się pokrzywdzonym i mścił się na drugich. Dziki, swarliwy zamęt ogarniał obozowisko, a nadomiar złego, nieprzeliczone ciągi drapieżników zaszumiały nad łbami. Całe chmury kruków, sępów i orłów nadciągały z północy i, krążąc coraz niżej, krakały, wypatrując żeru. Niekiedy spadały stadami na leżących pojedynczo, rozdzierając ich w mgnieniu oka. Nie obawiały się kopyt, ni rogów. Dopiero wilki dały im skuteczną odprawę, ale obsiadły wszystkie drzewa, krzaki i wzgórza, wyczekując cierpliwie sposobności.

Słońce wyniosło się nagle z za gór, ogromne, czerwone, niby oko wyłupane i krwią ociekające, wszystek świat stanął w łunach i w milczeniu.

Owce rozełkały się niemilknącym bekiem, reszta stała w niemym podziwie.

— Beczą jak głupie — zawyrokowały zniecierpliwione krowy, odwracając się od słońca.

— Ledwie się zagrzałem a tu dźwigaj znowu gnaty — wyrzekał stary wół, Srokacz — pokazują dzień a potem go schowają. Wielka mi rzecz słońce!

— Nie widziały zadki słońca, ogorzały od miesiąca — urągała jakaś maciora.

— Dają słońce, a gdzie pasza, gdzie świeża woda, gdzie obory?

— I w takim gnoju nas trzymają, pod gołem niebem.

— Gdzie to mamy znowu wędrować? Szukać wiatru w polu!

— Wszędzie wiatr w ślepia wieje! Wszędzie psi boso chodzą! — huczały wyrzekania.

Reks, zniecierpliwiony do ostatka, ponowił rozkazy ruszania naprzód.

— Wodzą się za łby. Wyrzekają i ani chcą słuchać o wyruszeniu — meldowały owczarki.

— Dlaczego? Płakali na noc — jest dzień; tęsknili za słońcem — świeci; narzekali na zimno — niezgorzej grzeje; cierpieli głód — tam się nasycą. I nie chcą się ruszać?

— Właśnie teraz to wszystko im się nie podoba! Któż pojmie ten motłoch — odwarknął Kulas.

— Manili nas nocą, a teraz manią dniem. Nie wierzcie psu, nie słuchajcie. Sami sobie damy radę, nie potrzeba nam psich rządów. Chcą nas do reszty wytracić! — podniosły się z różnych stron przeciągłe ryki wołów.

— Trzeba to bydło nauczyć rozumu — zaskowyczał Kulas przez rozdygotane kły.

— Naucz ich! Najwyższa pora, bo ja nie wiem już co robić — odwarknął Reks, zapatrzony w skłębione stada. Rozpacz nim miotała, rozpacz bezsilności, gdyż niepodobna było nikomu trafić do rozsądku. Obozowisko stało się nieustającym wiecem rozjuszonych i ogłupionych bydląt. Wszystkie głosy pomieszanych stad wrzały bełkotliwie i chaotycznie, przewalając się od brzega do brzega obozowiska.

Słońce już było wysoko, ciepłe i promienne, niebo rozpinało się błękitną, cudną oponą, pachniało powietrze, dalekie góry polśniewały śniegami, a całym światem szły rzeźwe, upajające podmuchy wiosny, ale zwierzęta głuche na wszystko i jakby oślepłe nawet na zieleń pól dalekich, zjuszone wzburzeniem, nie wiedziały nawet co się z niemi wyprawia. Co pewien czas wysuwało się któreś na czoło i dawało wyraz powszechnego gniewu, niepokojów i bezradności, ale po chwili, ni z tego ni z owego, zbite, stratowane i wyrzucone sromotnie za obręb, konało pod dziobami czyhających drapieżników. Stary, dworski wół, Srokacz, że był ogromny i najgłośniej ryczał, więc też najdłużej gardłował, próbując zbawiać towarzyszów, jeno że nie wiedział jak. Musiał wkońcu ustąpić miejsca jakiemuś buhajowi, który, rogami wymusiwszy sobie posłuch, podniósł potężny łeb i długo mełł ozorem, bił racicami ziemię, ryczał aż się rozlegało, ale tylko jałówki, wpatrzone rozgorzałemi ślepiami, dawały mu posłuch i gotowe były na jego wolę.

— Co taki wie! — Trzymali go, żeby nie zbrakło cieląt, i będzie się tu mądrzył — zaprotestowały konie, odganiając go precz.

Potem świnie wystąpiły z mądremi racjami, coś kwiczały jedna do drugiej, wytrząsając ryjami, gotowe cały świat zryć i na wszystko się ważyć, a rady zbawiennej też dać nie potrafiły. Powstawał jeno z tego wiecowania coraz większy zamęt, rozdrażnienie, bójki i ogłupienie. A wciąż wychodziło, że nie chcą ruszać z Reksem, nie chcą wracać do ludzi i nie chcą pozostawać na miejscu.

Już słońce przetoczyło się na drugą stronę, a powietrze wciąż brzmiało tysiącami porykiwań, beków, rżeń i tupotów, wreszcie cichy, ciepły zmierzch dał im radę, że chociaż głodni, skłóceni, rozdygotani, walili się ze zmęczenia tam, gdzie kto stał, i zasypiali ciężkim, kamiennym snem.

Reks, który przez owczarków wiedział o wszystkiem, ozwał się wreszcie do Kulasa.

— Cóż poczniemy? — I wpatrzył się w księżyc, wpływający właśnie na niebo.

— Ja wiem co zrobić — odszczeknął urągliwie, odsuwając się nieco na stronę.

Olbrzymia wilczyca wyskoczyła z krzaków i padła przy Reksie.

— Ja ci poradzę — warknęła i, oblizawszy mu pysk, rozciągnęła się przy nim.

Nie podobał mu się ten kares, ale jeszcze więcej zdumiała jej obecność.

— Wiedź nas, panie i nie oglądajmy się za tem zdychającem mięsem. Pociągną za nami. Trwoga ich popędzi, cóż poczną sami?

— Nie wyszczekuj głupich rad. Czego tu chcesz? — zgniewał się Kulas.

— Do mnie, synkowie — dojrzała jego prężący się grzbiet i przekrwione ślepia. — Mam właśnie z tobą porachunki. Uciekasz przede mną jak zając.

— Nikczemna suka! Nie mogę się pozbyć z barłogu tego zawszonego kożucha. Każę cię wypędzić z gromady. Precz mi z oczów! — warknął, rzucając się do niej z wściekłością, lecz zanim dotknął jej kłami, wilczki osłoniły ją płotem rozszczekanych kłów, że ledwie zdążył uskoczyć na stronę.

— Bunt przeciwko wodzowi! — wrzał, aż mu się zagotowało w gardzieli. Gniew, nienawiść i obrażona duma ledwie pozwoliły mu oddychać.

— Próchnieją ci kły, mole żrą jak starą pierzynę, ślepniesz o zmierzchu a jeszcze chciałbyś panować — urągała zjadliwie. — Skopały cię wczoraj cielęta i uciekłeś! A niedawno świnie obmacywały ci ryjami kałdun; nie śmiałeś nawet warknąć. — Tak straszliwie smagały go te bicze, że darł pazurami ziemię i chrapliwie skowyczał, wyczekując sposobnej chwili do rzucenia się w bój.

— Stawaj na placu, nie wydrzesz się śmierci. Dosyć mamy twoich rządów i podstępów! — zawyła, gotując się do śmiertelnego boju. Ogromna była, największa ze stada, prawdziwa matka gromady; sucha i zwinna jak brzeszczot, sprężysta, nogi miała niby ze stali, paszczę zionącą ogniem i połyskującą strasznemi kłami. Na ciemnej skórze znaczyły się blizny ran dawnych. Z pod ściągniętych brwi jarzyły się błyskawice krwiożerczych spojrzeń. Cała w bojowym dygocie charczała krótko.

— Stawaj! Stawaj!

Naraz ze stu owczarków obskoczyło ją murem, a Reks groźnie zaszczekał.

— Dosyć tych awantur. Nie pora na rozprawy. — Kulas zostanie przy stadach.

Rozkaz był groźny; wilczyca, przyczołgawszy się do jego nóg, zaskomlała.

— Twoja wola. Zostanę przy tobie, panie, będę nad tobą czuwała.

— Zostań. O świcie ruszamy, choćby sami.

Rzucił się pod krzaki, ale nierychło zasnął, gdyż wilczyca przyciągnęła mu kawał jakiegoś mięsa, i gdy się nasycał, kładła mu w uszy nieskończone żale na Kulasa.

O świtaniu, kiedy się podnieśli do drogi, całe obozowisko było już na nogach i wyczekiwało tylko rozkazów.

— Coś ich znowu przemieniło! Stoją jak baranki — dziwił się Reks.

— Czy w tem niema jakiego podstępu? — niepokoiła się wilczyca.

Reks, skoczywszy na swojego ogiera, ruszył na czoło pochodu, wilczyca biegła obok niego, a wszystkie stada, jak było sięgnąć okiem, stały gotowe.

— Na wschód! Do słońca! Na wschód! — zawyły owczarki.

I stada ruszyły niby wody nieprzejrzane, równo, spokojnie i cicho tocząc się ku górom połyskującym wdali srebrzystemi szczytami lodowców.

VIII.

Dnie niby szaro-błękitnawe koła potoczyły się równo, cicho, monotonnie i tak podobne jeden do drugiego, że już niewiadomo było żali dzisiaj nie jest jutrem lub nie staje się znów wczoraj. Przelewały się zwolna i leniwie jakby głębokie, nieprzejrzane wody, płynące wszystką szerokością świata. Podnosiły się o świtaniach blade, bez zórz, szare i jakby wieczne, niestrudzone pielgrzymy ruszały w drogę bez końca; wymijały posępne południa, snuły się wskroś żałobnych zmierzchów i kładły się na ciężki sen w czarne noce — w noce bez gwiazd i księżyca, jakoby w trumny wiecznego milczenia. I tak było co rano, ciągle i zawsze.

I tak co rano toż samo niebo rozpinało nad światem swoje zgrzebne szare przędziwa.

I tak co rano toż samo zgaszone, umarłe światło zasypywało oczy niby miałkim, przenikającym nawskroś, piachem.

I tak co rano budziła się w sercach taż sama bolesna, niepojęta tęsknota i jakby biczami popędzała dalej, wciąż dalej.

A góry, połyskujące srebrzystemi majakami śniegów i lodów, były wciąż niedościgłe i jednako dalekie. I ziemi jakby nie ubywało pod stopami. Stada szły niestrudzenie i tak szeroką falą, że mogło się wydawać jakby zarówno wszystko się z niemi poruszało, jakby niósł ich przeolbrzymi korab wskroś pustek wszechświata.

Bowiem niczyje oczy nie potrafiły się rozeznać w tej monotonji jednakich wzgórz, jednakich drzew, jednakich rzek i jednakiej szarzyzny dni, nieba i ziemi, jakie przechodzili. Nie wiały wichry, nie padały deszcze, nie doskwierało słońce, nie kąsały mrozy. Dnie za dniami spływały tak sobie podobne jak ziarna rozsypującego się różańca. Dawało to niekiedy wrażenie, jakoby stali w miejscu pomimo ciągłego posuwania się naprzód. Aż stało się, iż ta monotonność przerobiła wszystkich na swój obraz doskonałej szarości, milczenia i martwego spokoju. Pomilkły spory; ustały zwady i przeciwy. Nie było szamotań, ryków, ni żałosnych beczeń. Zacierały się nawet przyrodzone różnice. Jednaka dola tak ich wewnętrznie upodobniła, że się już nie rozeznawali pomiędzy sobą. Źrebięta wędrowały z wilkami, maciory szukały ciepła w chłodne noce pod brzuchami krów, cielęta szły obok ogierów, a stare woły wlokły się ze spuszczonemi łbami razem ze świniami. Stali się jedną olbrzymią istnością o jednem tylko czuciu i pchaną naprzód jednakim instynktem. Nawet bowiem wspomnienia nie wytrącały nikogo z tej żelaznej równowagi. Co było kiedyś — dawne życie, ludzie, dawne smutki czy radości, sczezło w pamięci, niby zeszłoroczne badyle na ugorach, i rozsypywało się w pyły. Wędrowali już bez dręczących pytań a w pokornem posłuszeństwie.

Najlichsza pasza smakowała, goła kamienista ziemia dawała rozkoszny wypoczynek utrudzonym gnatom, a sen przynosił zapomnienie o wszystkiem. O każdem świtaniu żórawiane krzyki zrywały ich na nogi, a psie i wilcze ujadania popędzały wciąż dalej i dalej.

— Tam, za górami, już niedaleko! — wył często Reks dla zachęty.

Więc parli się do tych gór z coraz większą mocą, uporem i szaleństwem niezachwianej wiary, że wkrótce dosięgną tej ziemi obiecanej. Ślepia, promieniejące jakby błagalną modlitwą i niemym krzykiem tęsknot, podnosiły się raz po raz ku tym górom upragnionym a tak strasznie dalekim.

Aż po wielu, wielu takich dniach, o jakimś zmierzchu dosięgli niespodzianie punktu, gdzie ziemie, dotychczas równe, obrywały się nagle gwałtownie, spadając poszarpanemi urwiskami w jakąś niż, dającą pozór niezgłębionej otchłani. Z ciemnych, zionących przegniłą wilgocią wąwozów i rozpadlin, zagrały dalekie bełkoty potoków i tysiączne echa niby to burz szalejących, niby piorunów i niby ryków dzikich zwierząt.

Przed temi jakby wierzejami do nieznanych światów zatrzymały się strwożone gromady, nasłuchując z ciekawością i węsząc.

— Nie ruszać się, stać w miejscach! — ostrzegały żarliwe owczarki.

Zapadła wnet noc wielce swarliwa, zimna, wietrzna i pełna niepokojów. Świt miał dopiero odsłonić tajemnicę, a tymczasem stali, cisnąc się do siebie i obawiając poruszyć z miejsca, gdyż wszędzie czerniały zdradzieckie rozpadliny i ziemia tak dygotała pod nogami, jakby się miała lada chwila oberwać i runąć w przepaści. Grozę podnosiły grzmoty i błyskawice, wybuchające co pewien czas gdzieś z samego dna głębin i mroków. Drętwiały grzbiety i nogi, obezsilała senność, szarpał głód, pragnienie skręcało wnętrzności, lecz stali cierpliwie, wyczekując dalekiego jeszcze dnia i już marząc sennie, co ten dzień przyniesie.

Niewiadomo skąd wylęgły szept roznosił nadzieję, że to już ostatnia noc męki i udręczeń.

Jutro! Jutro! Niosły się zciszone głosy. — Jutro! Zrywały się krótkie poryki. Jak w obrazach były w nich widne wszystkie pragnienia i zarazem wszystka pewność wiary w to nadchodzące jutro. I zwolna wszystkie stada, przestępując z nogi na nogę, mełły na spieczonych gorączką ozorach straszne pragnienie tego błogosławionego, wytęsknionego jutra. A że serca wezbrane nie mogły już pomieścić gwałtownych uczuć, wybuchnęły nagle prawdziwym huraganem wołań. Rozpoczęły rogate potężnym, uroczystym rykiem, a potem zawtórowała reszta pomieszanemi głosami, że aż do świtania rozlegał się ten chór śpiewanym taką godnością i żarem, jakby przed drzwiami raju.

Po północy zaczął padać deszcz i wkrótce przemienił się w ulewę i padał niemiłosiernie do chwili, kiedy z pod rozdrganego szkliwa spływającej wody jęły się wynurzać mgławe zarysy świata i stawać kształtami. Wtedy ustały i ryki, a po chwilowej ciszy w rozmiękłem, szarem powietrzu zaśpiewały żórawie i rozsypał się łopot niezliczonych skrzydeł.

Zjawił się i Reks z nieodstępną już wilczycą.

— Naprzód. Naprzód! W drogę! — Wył rozkazująco.

Nie trzeba już było ponawiać nakazu, runęli w czarną gardziel wąwozu jak rzeka, przerywająca tamy, i, cisnąc się srodze a porykując, popłynęli niepowstrzymanym i wzbierającym burzliwie nurtem. Jeszcze któreś obejrzało się za siebie, któreś ryknęło w nagłej trwodze, któreś nawet zapragnęło się cofać, lecz gromady już wzięły pęd i, porwane ogólnym ruchem i spadzistością drogi, spływały w niziny coraz tłumniej i coraz prędzej.

W cieniach wyniosłych, dzikich skał rozegrzmiały tysiączne tętenty niby burza, od której chwiały się lasy na szczytach; po zboczach leciały kamienne lawiny, a spłoszone ptactwo z krzykiem uciekało.

Wąwóz miejscami zarzucony był rumowiskiem zwietrzałych kamieni i stertami połamanych, spróchniałych drzew, przecięty potokami; niekiedy głębokie rozpadliny kładły się wpoprzek; niekiedy musieli przepływać głębokie dolinki, zalane wodą i podobne do zielonych mich drążonych w skałach; niekiedy zaś wąwóz przemieniał się w ciasną i mroczną gardziel, gdzie o skaliste, chropawe ściany krwawiono sobie boki i obtrącano rogi. I nie opowiedzieć tych przeszkód, jakie zwalczali w posępnem a zaciętem milczeniu. Ale ponosiło ich szaleństwo, nie dające pojąć ni odczuć grozy tego pochodu. Byli już jakby skamieniali na wszelkie cierpienia: miażdżyły ich spadające skały, topiły zdradzieckie wody, pochłaniały przepaście, nękały ciągłe głody, zabijał nadmierny trud. A kto padł, tego roznosiły kopyta tysięcy; kto na chwilę osłabł — ginął, kto pozostawał w tyle, również przepadał. Śmierć ze wszystkich stron wyciągała nieubłagane pazury.

Dla słabych nie było miłosierdzia ni litości.

I wszystko jakby się sprzysięgło na ich zgubę.

Prawie każdy dzień pastwił się nad niemi a coraz okrutniej.

Zapłaciwszy bowiem krwawy okup za górskie przejścia, wpadli niespodzianie w szeroką strefę lodów, śniegów i ustawicznych burz.

Nocami z pod śnieżnych tumanów i wskroś lodowatych wichrów wydzierały się żałosne jęki marznących. Zasię i dnie nie stawały się litościwsze: przemarzłe słońce zielonkawą, lodowatą źrenicą patrzyło na te trupie, zdychające korowody, jakie się wlokły wskroś rozszalałych śnieżnych odmętów.

A kiedy i te przezwyciężyli, zastąpiły im znowu drogę jakieś niebotyczne, pomarłe bory. Stały zwarte, ogromne, prawieczne, i pod ich sklepieniami leżały rude mroki jakoby dnia ożenionego z nocą. Stały proste, niebosiężne, podobne kolumnom, uczynionym z czerwonej miedzi, a zbutwiałe już od niepamiętnych czasów. Były jeno próchnem, trzymanem w swoich kształtach przez wieczysty bezruch i wieczyste milczenie śmierci. I ziemia pod niemi leżała martwa, pokryta trupiemi liszajami porostów. Ale najstraszniejszem było, że za każdym głośniejszym rykiem, za każdem uderzeniem a nawet za każdem mocniejszem stąpnięciem — bór się rozpadał i walił. Niebosiężne kolumny rozsypywały się w zetlałe próchno. Zaczęła się rozpaczliwa, głucha walka z tym miałkim, trupim piachem, sypiącym się ze wszystkich stron. Spływał bez szelestu niezliczonemi rudemi kaskadami, zasypując całe gromady. Mieli go po kolana, potem sięgał już brzuchów a wkońcu jeno łby szamotały się gwałtownie w rdzawych kurzawach. Tysiące zostało żywcem pogrzebanych, a pozostali, wstrzymując nawet dyszenia, przemykali się noga za nogą, w śmiertelnej trwodze wymijając każde drzewo zosobna.

Wiódł ich jeno instynkt i żórawiane klangory, śpiewające o każdem świtaniu gdzieś wysoko nad borami, że wkońcu, przed śmiertelnie umęczonymi otworzyły się zielone, ogromne podgórza, skąpane w jasny, radosny dzień. Świeciło słońce, przewiewał upajający wietrzyk, chwiały się soczyste trawy, gęsto znaczone kwiatami, słodko bełkotały niezliczone ruczaje, olbrzymie cedry rozścielały łaskawie aksamitne cienie, cisza nagrzanego popołudnia dzwoniła nieustającym brzękiem owadów.

Podgórze staczało się łagodnie w dolinę, ledwie objętą oczami, z której jakby wyrastały te góry olbrzymie, do których ciągnęli od tak dawna. Lodami okryte szczyty skrzyły się w słońcu jakoby srebrzystemi pochodniami. Zbocza, odziane w zieloną szatę lasów i pocięte białemi smugami wodospadów, postrzępione dzikiemi pędami nagich skał, dawały obraz pełen majestatu i wielkości. Zasię zboku, z lewej strony polśniewała nieogarniona modra gładź morza. Powietrze drgało rytmicznem biciem fal.

Długo pozostali ślepi na te wszystkie cuda; i długo jeszcze, przepełnieni zgrozą wyniesioną ze śmiertelnej walki, leżeli z łbami przywartemi do ziemi, wyczerpani do ostatka, niepomni nawet głodów ni ran, krwawiących jeszcze.

— Już się nie ruszę, raczej wolę zdychać! — ryknął jakiś buhaj, jakby wiernem echem wszystkich gromad. Jakoż całe dnie upłynęły, zanim wzięli się do jadła i picia i zanim, przychodząc nieco do sił, zaczęli się rozglądać po świecie.

Reks, obleciawszy ocalałych, powrócił do wilczycy srodze znękany.

— Czy to już wszyscy? — Przerażenie ściskało mu gardziel, ledwie łapał powietrze.

— Niema Kulasa i wilków — objaśniały owczarki.

— Wiedziałam, że zdradzą — zawarczała wilczyca. — Uciekli jeszcze przed wąwozami.

— Ale czy to już wszystkie stada? — kłopotał się, nie mogąc wierzyć oczom.

— Reszta wymościła gnatami rozpadliny i te przeklęte bory.

— Byłoby lepiej, żeby była nie uszła ani jedna żywa noga.

— Nie martw się, jeszcze wyginiemy — dogryzały zuchwale owczarki.

— Już niedaleko, niedaleko — obiecywał stanowczo Reks.

— Czekaj tatka latka, aż kobyłkę wilcy zjedzą — zaskamlał urągliwie któryś i, zanim skończył, krwią spłynął pod kłami wilczycy, nauczyła go poszanowania.

— W której stronie zapadły na noc żórawie? — węszył i nasłuchiwał na wszystkie strony.

— Zaprowadzę cię do nich, aż mi w uszach wiercą ich krzyki.

— One się ciebie boją, zostań i czuwaj.

— Nie pamiętam nawet smaku ich mięsa — zadyszała wzgardą i, wskazawszy mu kierunek, wiodący do nich, poleciła rozejrzeć się w leżących stadach.

Z nieprzeliczonych gromad, jakie się zbuntowały przeciwko człowieczemu jarzmu i poszły szukać wolności, widniało zaledwie tysiące niedobitków.

Zaiste, pierwszy raz w życiu litość targnęła jej wilczem sercem, gdy się przyjrzała tym wynędzniałym szkieletom, leżącym bezwładnie.

123

— Gnaty, same gnaty i dziurawe skóry! — zaskomlała współczująco.

Roztkliwił ją również widok owiec; leżały pod cedrami.

— Uratowane, i jak, jak? — troskała się, podpełzając nieco bliżej.

— Nie wiemy! Nie wiemy! — rozbeczały się, uciekając pod opiekę baranich rogów.

I świńska gromada zdawała się być w całości. Rozwalały się na piaszczystych brzegach strumienia. Na widok wilczycy jęły się podnosić groźne ryje; trwożnie zastrzygły kłapiaste uszy, a okrągłe, mądre ślepia wpierały się w nią z lękiem.

— Nie myślałam, że was jeszcze zobaczę. I prawie wszyscy ocaleli!

— Bo lecieliśmy, jak zwykle, na końcu, przecież nie mamy końskich kulasów.

— A jak się zaczął bór walić i sypać, tak my ostrożnie i wolniutko stronami.

— Nam pilno tylko do koryta! Do śmierci nikomu się nie śpieszy.

— Macie szczęście! — warknęła z uznaniem.

— Mamy rozum, żeby się nie pchać tam, gdzie już drudzy giną.

Podpełzła bliżej koni, ale któryś trzasnął kopytami i rżał brutalnie.

— Poszła precz, suko, nie włócz się tutaj, bo zatratuję.

I rogate przyjęły ją nieprzychylnie, gdyż jakiś buhaj zagroził jej rogami.

— Chcesz komu flaki wypuścić? — Masz dosyć naszego mięsa w borze!

— Jakże mało z was pozostało, jak mało! — ubolewała tak szczerze i przeciągle, aż te skowyty rozlegały się płaczliwemi echami.

Buhaj podniósł ciężki łeb i wybuchnął potężnym a wzgardliwym rykiem.

— Pioruny nie biją w chwasty; takie parszywe skóry, jak ty, ocalają się nawet z potopów. Precz żebyś nam tu nie śmierdziała! —

Zawyła w odpowiedzi — klacze jęły się zrywać, rżeć trwożnie i bić kopytami.

— Głupie mięso. Macie szczęście, nie jestem głodna — warknęła wspaniałomyślnie.

Było już ciemno, kiedy powróciła do Reksowego legowiska, z jakiemś ułowionem mięsem, jeszcze ociekającem krwią. Zabrali się wnet do żarcia. Długą chwilę tylko gnaty trzeszczały i słychać było żarłoczne chłeptania. Wreszcie Reks, nasycony, oblizując się smakowicie, jął rozpowiadać o żórawiach.

— Zostaną nad wodami do odmiany księżyca i przylotu bocianów. Tymczasem i nasi odpoczną i podpasą się, zbiorą siły, trawy wszędzie gęste. Ale widziałem dużo tłustych, ciężkich ptaków po polach, prawie same lecą w kły, stad trzeba oszczędzać, zostało ich tak niewiele — rzucił jakby odniechcenia.

— Nie lubię ptaków, kłopot z obdzieraniem pierza i zostają ślady.

— Mamy już niedaleko, za temi górami. — Spojrzał na szczyty, majaczące w mrokach.

— My je przejdziemy, ale jak sobie poradzą rogi, kopyta i racice.

— Pójdziemy dolinami. Żórawie nas przeprowadzą.

— Co im tam góry czy morza, przelecą. Czy stada zechcą iść dalej?

— Nie chciałyby iść dalej, teraz, kiedy już tak blisko do raju! — Zdumiał się.

Zwinęła się w kłębek, zdając się zasypiać.

Księżyc wytoczył się na ciemne niebo, lodowe szczyty jakby przygasły, ziemię zaczęły oprzędzać srebrzyste mgły, cichość zalewała świat, tylko dalekie, nieustanne bicie fal stawało się jakby rytmicznem, mocnem uderzeniem serca. Reks nie mógł zasnąć, zbudziły się w nim jakieś trwogi.

— Takim obieżyświatom niebardzo można dowierzać — warknęła niespodzianie.

Właśnie był rozważał żórawiane wskazówki i opowiadania.

— Tym niebieskim latawcom wszędzie dobrze. I co oni mogą wiedzieć o ziemi?

— Co oni mogą wiedzieć o naszem życiu — ziewnęła jakby znudzona. — Skrzydła wyniosą ich z każdej złej przygody. Nie pojmują hazardu walki, ni słodyczy zwycięstwa. Taki głupi dziób połknie żabę i może o tem latać choćby cały tydzień. A błotnistych kałuż nigdzie im nie brakuje. I pycha je roznosi, że człowiek na nie nie poluje. Cóżto za raje, do których nas prowadzą? Pewnie bagna i wody.

— Z pewnością niema tam naszego ciemiężcy i kata, niema człowieka.

— Ale czy będziemy się mogli tam wyżywić! Nie myślę o sobie.

— Śpiewały mi o tym świecie cudowne pieśnie. Wierzę im, one

nigdy nie kłamią.

— Każda liszka swój ogon chwali. Dziwi mnie tylko, czemu z tych rajów przylatują do nas wywodzić młode! My barłogów nie ścielemy na drugim końcu świata.

— Tajemnica — odwarknął niechętnie. — Tego się rozumem nie przejrzy.

— Sowy po dziuplach także krzyczą: tajemnica, tajemnica! Ślepe są na słońce i myślą, że drudzy również nic nie widzą! — zawyła, aż lękliwie zabeczały owce.

— Milcz, bo cię wygonię! — warknął srogo, zaniepokojony wątpliwościami, jakie w nim wzbudziła. Nie wolno mu było wątpić o skrzydlatych. Wszystkie jego wiary i nadzieje i wszystka przyszłość tylu czworonogich rodów — zrodziły się z tych pieśni czarodziejskich. Przecież jeno te żórawiane klangory wiodły ich przez pustynie strasznego świata. Gościniec wymoszczony własnemi gnatami zostawili za sobą. Rzucili wszystko i parli się wskroś wszystkich piekieł do tej wyśnionej krainy szczęśliwości. Niedalekiej już, niedalekiej. Znowu mu o niej śpiewali cuda! Nową wiarą napaśli mu duszę. Złość mówi przez nią, snadź rozdrażnia ją światło.

Nie mógł zasnąć, księżyc świecił prosto w ślepia, i z dolin przywalonych mgłami wyrywały się niekiedy echa jakichś ryków, od których przechodziło mrowie.

— Czeka nas ciężka przeprawa! — nasłuchiwał ze drżeniem.

— Pchniemy naprzód rogate, na próbę.

— Co może tak strasznie ryczeć? — niepokoił się.

— Zobaczymy, jak nas napadną. Śpij, dzień już niedaleki.

Ale i nazajutrz, przy świetle słońca, powróciły też same wątpliwości i jakieś dziwne, niepojęte lęki. Unikał wilczycy a zatroskał się naraz o gromady, biegał pomiędzy niemi, oglądając niemal każdego czworonoga zosobna. Wdawał się w przyjacielskie pogwary, z płomiennem przekonaniem prawiąc o niedalekim już celu wędrówki. Wskazywał góry, za któremi miały się już skończyć wszystkie cierpienia. Starał się w nich przelać całą swoją wiarę w to jutro szczęśliwe. I swoim grzmiącym, lwim głosem powtarzał, co był zasłyszał od żórawiów. A robił to z coraz większą żarliwością, gdyż poczuł wśród nich wzrastającą niechęć. Zdało mu się, iż przekonywa niemych i głuchych. Podniosły się łby, ciężkie oczy wpijały się w niego, ale odpowiedzią było jeno złowrogie milczenie. Pomnażał usiłowania i nic nie pomagało. Wyszukiwał lepszych pastwisk, czystych źródeł, chłodniejszych legowisk na południowe odpoczynki — na darmo wszystko. Nieufność rosła coraz większa i z dnia na dzień. Jakaś niewidzialna a coraz głębsza przepaść otwierała się pomiędzy niemi. A przecież nażerali się znowu dosyta. Sprawdzał, jak im się wypełniały zapadnięte boki, jak skóry zaczynały połyskiwać, a grzbiety im się prostowały. Nawet głosy nabierały donośności i mocy. A równocześnie było coraz więcej wyrzekań. Dosłyszał je którejś nocy, gdy pod osłoną mgieł przemykał się wśród nich. Świnie, używające na orzeszkach, leżących pod cedrami, chrząkały leniwie.

— Cóżto za żarcie! gorzkie jak piołun, zgniłe. Och, kartofle z osypką, kartofle!

— Albo te trawy — rżał jakiś drygant — jakby się gryzło osty, parzą w gębie...

— Co jabym dał za miarkę owsa lub wiązkę siana.

Krowy, ledwie widne z bujnych traw, pojękiwały również.

— Taka pasza, żresz cały dzień, a wymiona puste i brak sił. Och! buraczane liście, makuchy, kłak suchego siana! To były uczty nad ucztami.

I spróżniaczone woły, o brzuchach jak beczki, wyrzekały płaczliwie.

— Schylaj się cały dzień, skub trawkę za trawką, a wieczorem kałdun pusty, grzbiet obolały i jeszcze gnaj szukać wody. Na psa mi taka wolność. Nie dla nas takie szczęście. Szło się do gotowego, już zdaleka żłób pachniał obrokiem.

Nawet te głupie owce wybekiwały nieustannie, że im było za gorąco w tych wełnach wciąż narastających, a z których nie miał ich kto ostrzyc.

Stary „Srokacz", który wydostał się z lasów mocno poturbowany i jakby niespełna rozumu, wałęsał się wciąż, nie mogąc sobie znaleźć miejsca, i wciąż porykiwał.

— Mówiłem, źle się skończy! Mówiłem! Szukajmy pana, szukajmy człowieka! Uu! Uu!

Reks wrócił na barłóg, zgryziony i rozgoryczony.

— Podłe mięso — zaskomlała wilczyca, wysłuchawszy relacji. —

Już ich roznosi pasza.

— Nażerają się po gardziele, nic nie robią i czegóż im więcej? — biadał.

— Mają za dobrze. Bieda przyprowadzi ich do rozumu. Trzeba ruszać dalej.

— A teraz ja się boję, czy pójdą? Czułem w nich nienawiść! I za co? Za co? Prawda, pastwiska już stratowane i wytarte, wody też zapaskudzone. Czem ich poruszyć?

— Obietnicami. Obiecuj, co jęzor wytrzyma, uwierzą i pójdą.

— Jakże to? — warknął zgorszony.

— Obiecanka — cacanka, a głupiemu radość! Nic nie zełżesz. Szczęście leży w nadziei. A czemże żyli dotąd? I jeszcze powiadają: nadzieja matką głupich, a jabym wyła na wszystek świat, że nadzieja matką wszystkich. Niech owczarki poniosą niby to tajoną wieść, jako wędrówka skończy się w dolinie pod górami, że tam już kres ostateczny; tam wolność i szczęście. Trzeba ich czemś poruszyć, bo jak się rozsmakują w tem błogiem lenistwie, dalej nie pójdą. Zresztą, alboż im to źle? Żrą dosyta, człowiek ich nie wytępia, i bat nad niemi nie poświstuje. Żeby tam, gdzie ich prowadzisz, nie mieli tylko gorzej.

— Tam nie dotknęła ziemi stopa tyrana — zawarczał namiętnie.

— Dobrze radzisz, ale co będzie potem, kiedy dojdziemy pod góry?

— Potem, zapomną co słyszeli, a pójdą na lep nowych obietnic i znowu dadzą się poprowadzić dalej. Muszą być oszukiwani, dla ich szczęścia...

— Masz łeb płodny fortelami. — Podziw w nim wstał, graniczący z lękiem.

— Każde z wolnych musi mieć swój rozum, nie żyjemy z ludzkiej łaskawości.

— Trzeba stąd ruszać, gdyż tutaj wkrótce rozpoczną się burze i ulewy.

— Lecę przyśpieszać porę wymarszu. Czy ufasz swoim?

— Psom! Jak sobie. Widziałaś, jak całą drogę byli wierni i oddani.

— Daj baczenie na te chłopskie kundle, one coś knują przeciwko nam...

— Przywidzenia, najwierniejsi z wiernych. Toć i owczarki nie dają ci przystępu do owiec.

— Jeszcze się taki nie ulągł, któryby potrafił mi wzbronić! —

zaskamlała wyniośle. — Widziałam, jak po nocach coś kręcą się między gromadami, coś wyszczekują cicho.

I z tem poleciała, zasię Reks pobiegł na skalisty występ, wiszący nad pastwiskami, i, rozciągnąwszy się, patrzył dokoła.

Podgórze, niby zielona, olbrzymia płachta, przerośnięta drzewami, staczało się w niezmierzoną dolinę, przytrząśniętą złotawym brzaskiem.

Za nią wynosiła się niebotyczna ściana gór, a zboku, daleko, gładź morska jarzyła się oślepiającemi drganiami. Nagrzany wiatr pieściwie owiewał.

Słońce wisiało jeszcze wysoko. Stada pasły się rozproszone, ledwo widne z traw i z barw prawie wypełzłe, tylko białość świń znaczyła się ostro pod rozłożystemi cedrami. Owce perliły się po zielonych zboczach niby rozsypane kamienie. Bełkotały monotonnie jakieś wodospady. Dalekie morze grało falami. Niekiedy wybuchał przeciągły ryk, częściej jednak jazgotliwe, przyjacielskie naszczekiwania psów mąciły cichość.

Reks przenosił oczy z miejsca na miejsce, zdało się, iż dłużej patrzył w niepokalane błękity nad górami, gdzie krążyli orłowie, to obzierał się za siebie na ten przeklęty bór, wiszący na skraju widnokręgu czarną, gradową chmurą, lecz ślepy był zarówno na przestrzeń, jak i na wszelki widzialny kształt. Zasłaniały mu bowiem świat zgryzoty, zrodzone głupiemi skowytami wilczycy. Przyszły nagle do pamięci wszystkie przygody od chwili opuszczenia ludzi. Zjawiały się w pełni doskonałej, jak je każdy dzień przynosił. Jeno, że przeżywał je teraz z zawrotną szybkością. A nie brakowało w nich ani jednego posłyszanego jęku, nie zbrakło trupów pozostawianych w tyle, nie zbrakło głodnych, nieskończonych pochodów, niczego. Miotało się to wszystko w nim siłą huraganu, choć w cichości śmiertelnej. Otrząsał się z tych koszmarów, chciał jakby od nich uciekać, zapomnieć — nie było sposobu. Pasły się jego sercem udręczonem. Zgroza zjeżyła mu szerść i rozklekotała zęby. Skowyczał chwilami, darł pazurami ziemię, nie przemógł jednak tych przypomnień, dźwigających się coraz wyraziściej i tłumniej z nor mózgu. Gdzież są te nieprzeliczone rzesze? Całe szlaki, całe nieskończone szlaki, wymoszczone ich gnatami, zamigotały straszliwą wstęgą. I wielu z nich dosięgnie tej ziemi obiecanej? Niezmierny ciężar zwalił się na niego. Żałość darła mu serce i zarazem coś jakby czucie odpowiedzialności dawało znać o sobie falą szarpiącego bólu. Zawierzył żórawiom; obłąkały go ich górne, czarodziejskie opowieści. Żali to nie cudowne jeno baśnie? Żali może być na świecie takie szczęście? Młoty zdawały się bić w jego czaszkę coraz potężniejszemi ciosami. A jeśli to nieprawda, więc kłamstwem byłyby wszystkie jego wzniosłe hasła i obietnice, któremi zbuntował nieprzeliczone rzesze. Majakiem te ziemie obiecane, złudzeniem. I co się stanie, jeśli tam, gdzie ich wkońcu zawiedzie... Nie, nie, zawył w nim instynkt samozachowawczy. Musi tak być, jak wierzył, jak śpiewały żórawiane pieśnie, jak tego dusza pożądała. I na zbawienie wywiódł te tłumy a nie na zatratę. Ciężka jest ta wędrówka, cierpią i giną, lecz przecież mają niegorzej, niźli mieli w człowieczej niewoli. Skruszył im kajdany i wywiódł na wolność! Poszli za nim dobrowolnie, nie przymuszał. Skarżą się, przeklinają go za swoje cierpienia. Trzeba cierpieniem płacić za wszystko. Nauczą się żyć. Bólem zdobyte szczęście nie zawiedzie. Tyle dzikich gromad istnieje i nie zamieniłyby swojej wolności na ludzką opiekę. Niesprawiedliwości wydali wojnę i muszą zwyciężyć. Są jeszcze ślepi, ale przejrzą dopiero tam, za górami, na tych rajskich polach szczęśliwości. W upojeniu nowego życia zapomną o przeszłości. I niechaj będzie przeklęta!

Ścichała w nim burza, jeszcze niekiedy grzmotnął piorun lub błyskawica wyżerała oczy, lecz zwolna dumny spokój ukołysał serce, umacniała się pewność, i dawne, niezłomne wiary skrzepiły omdlałą wolę.

Długo jeszcze dumał na skałach i dopiero o dobrym zmierzchu, kiedy księżyc wypłynął na niebo i cedry pokładły długie cienie, wrócił na legowisko.

— Lecą bociany, od zachodu słychać było klekoty — warknęła sennie wilczyca.

— Właśnie na nich czekają żórawie i my czekamy.

Zapadło milczenie. Noc srebrzystemi skrzydłami światła obtuliła świat.

Zaledwie świt ubielił wierzchoły drzew i zaświecił w przymglonych jeszcze oczach wód, gdy od zachodniej strony zaszumiały głuche mioty jakby nadbiegającej burzy, a pokrótce na blednącem niebie zamajaczyły nieprzejrzane ptasie korowody.

Leciały olbrzymim trójkątem niby rozdrgana, brzemienna piorunami chmura. Spływały od pomarłych lasów, skośnym, zniżającym się lotem, że trzask klekotań osypywał się na podgórza suchym szelestem wiórów. Bociany! Bociany! — zawrzało od krańca do krańca. Gromady jęły się gwałtownie zrywać i podnosić ciężkie łby ku tej biało-czarnej chmurze, opadającej coraz niżej. Tysiące ryków powitało starych przyjaciół. Odpowiedział im radosny klekot, i szumiący wir nieprzeliczonych skrzydeł załomotał tak nisko, że już dojrzeli wyciągnięte ostre dzioby i czerwone nogi, przywarte do brzuchów. Od bicia tych skrzydeł powiał gwałtowny wicher i zakołysał drzewami. Wraz też rozsypywał się w powietrzu świergot drobnego ptactwa i całe ich chmary, tające się na bocianich grzbietach, sfruwały ze słodkim szczebiotem. Obsiadły wszystkie cedry, krzaki, wyniosłości i jeszcze wielkiemi gromadami gadały między stada. Zasię bociania horda, okrążywszy podgórza, skręciła na lewo, nad wielkie rozlewiska, świecące z oddala bielmami jeszcze sennych wód. Tam opadły i długo nie milkły klekotania, żórawiane krzyki powitań i chlupoty wód, a ciągle było widać podrywające się na chwilę chmary.

Stada były głęboko poruszone przylotem bocianów, wielu pognało za niemi. Niewytłumaczona radość rozpalała serca i ponosiła. Jakieś szczęście spłynęło na wszystkich wraz z ich ujrzeniem. Rogate nie mogły się powstrzymać od ciągłych ryków radości. Konie wyprawiały dzikie harce, rżąc i bijąc kopytami. Psy dziw nie oszalały, wyszczekując na jaskółki i skowronki, siedzące po drzewach. Zapanowała powszechna radość. Jakby święto uczyniło się na pastwiskach. Zapominano jeść, a co trochę spoglądano w niziny, nad wody, połyskujące już w ogniach wschodu. Bociany! Bociany! zrywały się wciąż przeróżne głosy. I coś dziwnego ciągnęło do nich nieprzeparcie. Jakże, przyleciały z pod tamtego nieba! Z dalekiej ojczyzny; z ich pól, z ich wiosek, z ich strzech. Przywiało wraz z niemi jakieś inne, upajające powietrze. Te suche, drewniane klekotania rozśpiewały się w nich czarownemi echami przeszłości. Łzawa rzewność rozkołysała duszę. Alboż nie razem paśli się po łąkach. Nie klekotały to nad ich strzechami całemi latami. Nawet świnie się roztkliwiły, wspominając, jakto im z koryt kradły żarcie te długie twarde dzioby. Niejedna pamiętała jeszcze bolesne uderzenia. I nieraz na ścierniskach nasłuchały się kuropatwich skarg, że im podbierały jaja i kradły młode. Każdemu jakieś wspomnienie zapaliło się w pamięci, i każdego przejmowała nagła, dręcząca tęsknota za przeszłością. Zapachniały im dymy, zapachniały podwórza i zapachniały świeże obroki. Wzmogły się tęskliwe ryki spotęgowane jeszcze świegotem jaskółek, kołujących zapalczywie nad stadami, jak kiedyś...

I Reks poczuł się wytrącony z równowagi. Znał się z niemi wybornie. Gnieździły się przy dworze na starym modrzewiu i nieraz porywały mu z miski ziemniaki! Nieraz dla figlów ganiał za niemi po łąkach! Tyle wspomnień przyszło z niemi!

— Tam już zimno, śniegi! Ale i one w jedną z nami stronę — roztkliwiał się głośno.

Tylko wilczyca potraktowała ich przylot ze wzgardą i wzburzeniem.

— Śmieciarze, żabołyki! W sam raz kompanja dla psów do polowania po śmietnikach — szczekała urągliwie. — Rozumiem żórawie, na swojem prawie żyją i zdala od ludzi, ale ta hołota, ci podwórzowi złodzieje, wiecznie głodni i wiecznie czyhający, żeby coś porwać, ci szczekacze, opaskudzający wszystkie drzewa, nienasycone gardziele.

I niepodobna się przed niemi schronić, wszystko wypatrzą i na cały świat rozklekocą. A jacy są mężni, to się wkrótce przekonam. Jakoż przekonała się, przynosząc w biały dzień paru złowionych.

— Wzięłam na oczach wszystkich! Będą mi się odgrażały przez całe miesiące.

Reks przerwał jej wesoło.

— Za parę dni ruszą wraz z żórawiami, a my zaraz za niemi.

Te parę dni przeszły w dziwnym nastroju podniecenia, wyczekiwań i jakby cichych narad. Tajemnicze pomruki słychać było nocami. I co jeszcze zwróciło czujną uwagę wilczycy, z czem się nie wydała, że psy, a nawet część owczarków przestawała wciąż z niemi, jakby razem coś spiskując. W dodatku rozpadały się ulewne deszcze, a w przerwach dzikie chmury przewalały się po podgórzach. Noce nastały ciemne, zimne i huklliwe. Doliny przysłoniły się nieprzejrzanemi mgłami. Niebo zawaliły ciężkie bure chmury, że słońce dawało pozór zielonkawego, zgniłego jaja. Na morzu zaś rozszalały się burze, fale skowyczały u brzegów, bijąc spienionemi chlustami ku obłokom. I nie było się gdzie schronić przed tą oszalałą dmą i ulewami, gdyż drzewa, szarpane wichurą, wyły przerażająco, zamiatając gałęziami ziemię.

Któregoś zmierzchu żórawie dały znać o gotowaniu się do odlotu.

— Jutro ruszamy dalej! Zawiadomić wszystkich — rozkazał Reks i, ogryzłszy jakieś schaby przywleczone przez wilczycę, zaszył się w krzaki i zasnął.

Obudził się o dużym dniu; deszcz nie padał i wiatr rozganiał resztki chmur.

— Ruszamy! Naprzód! Naprzód! — zawył ze wszystkiej mocy i naraz błędnemi ślepiami potoczył dokoła — podgórza były puste tylko spienione wody bełkotliwie szorowały po trawach.

— Gdzież się zapodzieli? — wyszarpał się z niego głuchy skowyt.

— Rzeka wylała, musieli uciekać przed wodami! — tłumaczyła wilczyca. Synowie przy niej stali, a kilkunastu najwierniejszych owczarków biegało, węsząc bezradnie.

— I nie można ich dojrzeć. Musieli wyruszyć jeszcze przed północą.

— Jak śmieli bez mojego rozkazu, jak śmieli — rzucał się gorączkowo.

— A śmieli. Dziwniejsze, że nic nie słyszałam, to niepojęte...

— Dogonimy. Naprzód! — zawył Reks, odzyskując zwykły animusz.

Popędził naprzód, prześcigając wody, spływające coraz szybciej. Podgórza opadały dosyć stromo — miejscami trzeba było wymijać skaliste urwiska, miejscami zaś pod gwałtownemi obrywami przytulały się małe jeziorka, obrośnięte drzewami.

— Muszą być niżej, za wodami. Kryją ich zarośla.

Ale i tam ich nie było. Rozglądając się dokoła, spostrzegli ze zdumieniem, że za wodami tropy skręcały nagle w prawo i ciągnęły się równolegle do gór.

— Zbłądzili. Nieszczęśni! Chcieli obejść te spadzistości i zmylili drogę — biadał.

— Ale też pędzą. Zwyczajnie to i w dwóch dniach tyleby nie przelecieli.

— Trzeba i nam wyciągać kulasy.

Pobiegli już cwałem. Ślady przejścia widniały na szerokiej przestrzeni: trawy leżały stratowane i wdeptane w ziemię, krzaki połamane. Na niskich kaktusach wisiały kłaki wełny i sierści. Szlak ten przecinały liczne potoki, groble szutrowisk i piaszczyste wydmy, a zamykały białe wzgórza kredowych złomów. Za niemi, nisko rozciągał się jakiś ogromny kraj szary, smutny i wypalony przez słońce. Gdzieniegdzie skrzyły się jakieś białe plamy i widniały kępy olbrzymich drzew.

— Tam odpoczywają! — zaszczekał któryś, patrząc w punkt, gdzie chmary ptactwa kołowały w jednem miejscu. Dojrzeli wnet modre rozlewisko wód, obrzeżonych jakby rzęsami pierzastych palm i rozległe, zielone pastwiska.

— Leżą w cieniach — zaskowyczały psy, wydzierając się naprzód. Reks, szalonemi susami wyprzedziwszy wszystkich, pierwszy wpadł między stada.

— Ślepiów nie mieliście — zawył groźnie. — Zamiast iść prosto na góry, na wschód, wy, jak głupie barany, właśnie w drugą stronę! I bez moich rozkazów?

Ani jeden głos się nie odezwał, co go tak rozgniewało, że, biegając jak szalony, wyszczekiwał na wszystkich, a dając folgę swojej naturze, tu i owdzie szarpał kogoś kłami, uderzał łbem i drapał pazurami ziemię.

Tysiące patrzyły w niego niedocieczonemi ślepiami, zmęczeni byli drogą i upałem, senni, a on im przeszkadzał zażywać odpoczynku. Miejsce bowiem mieli wybrane, przejrzyste wody dyszały chłodem, palmy rzucały słodkie cienie, trawy były smaczne i miękkie, a lekki powiew kołysał w lubej drzemce jakby przyśpiewywał.

Reks, ochłonąwszy nieco z gniewu, zaczął stanowczo rozgłaszać, jako zaraz po odpoczynku wracają do miejsca, gdzie na nich czekają żórawie.

— Stamtąd ruszamy prosto przez góry. Ostatnia nasza droga. Przejścia szerokie, łąkami, nad rzeką. Trzy tylko odpoczynki, a potem już koniec naszych wędrówek.

— Nie wracamy! Idź w swoją stronę! Nasze drogi się rozeszły! — podniósł się ryk, jak grom.

Reks zakręcił się wkółko, jakby uderzony kamieniem, ale nie zawierzył swoim uszom.

— Droga równa, jak w polach — ciągnął dalej — przejdziemy bez trudów, a potem koniec...

— Łżesz! Łżesz! — zaszczekały naraz wszystkie kundle, wystawiając łby z poza świń. Wilczyca ze swojemi rzuciła się ku nim, broniły się zajadle, zwłaszcza, że im na pomoc ruszyły stare maciory. Powstało wielkie zamieszanie.

A Reks, straciwszy resztę panowania nad sobą, jął skomleć prawie pokornie; przekonywał, próbował trafiać do rozumów, obiecywał, zachęcał i namawiał do wytrwania. Rozpacz zagrała mu w ślepiach, ściekając palącemi łzami. Otwarła się przed nim przepaść. Wszystkie marzenia waliły mu się w ten dół niezgłębiony i, jak tamte, przeklęte lasy, zasypywały go próchnem unicestwienia. Wszystko im poświęcił, a teraz co? Podwoił siły, chwilami padał, ledwie już dysząc, ale zrywał się i ostatkami sił i przytomności walczył dalej z powszechną głupotą, uporem i tchórzostwem. Stawał przecież o ich własne dobro.

— Gubicie siebie! Gubicie przyszłe pokolenia! Zmarniejecie w tych pustyniach, zeżre was głód, rozszarpią dzikie zwierzęta, zabije słońce. Jeszcze trochę odwagi, bracia, trochę cierpliwości, trochę wiary. Tyleśmy wycierpieli, tak blisko mamy już do szczęśliwego końca i wolicie tutaj marnie zginąć! — Zabrakło mu głosu, ochrypł.

Jakiś płowy buhaj, o potężnym łbie i krótkich rogach wysunął się z ciżby.

— Milcz, tyranie — ryknął, aż zadygotały liście palm. — Skomlisz, jak wystraszony szczeniak, ale nikt ci już nie uwierzy. Nie pójdziemy z tobą. Nie chcemy wyginąć do ostatniego. Leć sam za żórawianym klangorem, goń sam te ideały i sam sobie szukaj wiatrów po świecie. Wymordowałeś nas nikczemnemi obiecankami. Czas skończyć z szaleństwem i oddać wodze rozsądkowi. Od prawieków rządzili nami ludzie i od prawieków dbali o nas. Zrobiłeś z nas zdziczałych, bezdomnych włóczęgów. Nieszczęśni, daliśmy się na lep twojej wolności. Dla niej kazałeś nam porzucić pewny byt i ojczyznę. Styranizowałeś nas głupiemi majakami. Bo to nieprawda, że tam za górami leży ta twoja obiecana ziemia wolności i szczęścia, nieprawda. Nigdzie jej niema, gdzie niema ludzi, gdzie niema obór, gdzie niema obsianych pól i gotowej paszy na zimę. Wiedziałeś o tem, a wywiodłeś nas i zaprzedałeś śmierci.

— Chcecie wrócić do jarzma, niewoli i batów! — zawył

przesmutnie.

— Chcemy żyć! — buchnęły w niebo tysiączne głosy. — Chcemy żyć!

Zaskowyczała wilczyca, broniąca się rozpaczliwie przeciwko ryjom i psim kłom, skoczył jej na pomoc, lecz, zanim dobiegł, otoczył go las strasznych rogów.

— Śmierć tyranowi! Śmierć zdrajcy! Śmierć mordercy!

Przysiadł i, powlókłszy dokoła ślepiami bez trwogi, zawył po raz ostatni.

—   —   —   —   —

Po chwili, nad brzegiem modrych wód, w rozchwianych i przesłonecznionych cieniach palm, znaczyła się jeno wielka, krwawa plama.

W dzikiej zajadłości, literalnie roznieśli go na kopytach.

—   —   —   —   —

Triumfujące ryki rozgłaszały światu śmierć tyrana i odzyskaną wolność.

—   —   —   —   —

I oswobodzone od chimer stada jęły się wałęsać po pustyniach w niestrudzonem poszukiwaniu człowieka. Nie wiedziały nawet gdzie go znaleźć, więc szły gdzie nęciła lepsza pasza i ponosiły oczy. I do ojczyzny pragnęły powrócić. Ale kto z nich mógł pamiętać, w jakiej ona stronie leży? Któż mógł je tam zaprowadzić?

Brnęli wskroś niezmierzonych pustyń, żarło ich niemiłosierne słońce, zabijały głody i pragnienia, zasypywały piaszczyste zawieje, tępiły dzikie zwierzęta, lecz nic nie potrafiło w nich ugasić tej nieukojonej, strasznej tęsknoty za panem.

Aż po wielu, wielu dniach wędrówek jakby naprzełaj świata, czołowe gromady zaczęły nagle przystawać, drżeć i walić się na ziemię.

— Człowiek! Pan nasz! Człowiek.

Na skraju nieprzebytych zarośli, pod rozłożystą palmą siedziała małpia rodzina, olbrzymi goryl, snadź zaskoczony znienacka, porwał się strachliwie z ziemi.

Na jego widok wszystkie stada padły w pokorze, i niebosiężny ryk wybuchnął.

— Panuj nam! Rządź nami. My twoi wierni! Nie opuszczaj nas!

Wystraszony goryl uciekł na palmę i, bijąc kokosowemi orzechami w najbliższych, bełkotał coś niewiadomego i parskał z wściekłością.

A zdołu wznosiły się nieustanne błagania:

— Panuj nam! Rządź nami! My twoi! Panie nasz!

KONIEC.

Kołaczkowo, 17/VIII 1924.

Also Available from JiaHu Books

Ziemia obiecana
Faraon
Ludzie bezdomni
Quo vadis?
Pan Taduesz
Na wzgórzu róż
Kariera Nikodema Dyzmy
Utwory wybrane – Maria Konopnicka
Osudy dobrého vojáka Švejka za světové války
Válka s molky
R.U.R.
Hordubal
Krakatit
Továrna na absolutno
Povětroň
Obyčejný život
Babička
Hiša Marije Pomočnice
Judita
Dundo Maroje
Suze sina razmetnoga
Чорна рада - 978-1-909669-52-9
Горски вијенац - 978-1-909669-56-7
Стихотворения и Проза Ботев 978-1-909669-86-4
Под игото — 978-1-78435-055-0
Епопея на забравените - 978-1-78435-087-1
Az arany ember
Szigeti veszedelem

www.ingramcontent.com/pod-product-compliance
Lightning Source LLC
Chambersburg PA
CBHW021114130626
46554CB00002B/683